LES SILENCES

LUCA BRUNONI

LES SILENCES

Traduit de l'italien (Suisse) par

JOSEPH INCARDONA

FINITUDE

Illustration de couverture : © Rustic/shutterstock

ISBN 978-2-36339-179-7

Orphelins, enfants de mères célibataires, de parents pauvres ou alcooliques, ils ont été des milliers en Suisse, entre le XIXe siècle et 1960, à être placés de force en maison de rééducation ou dans des familles d'accueil – souvent chez des paysans en quête de main-d'œuvre bon marché.

Leur nombre exact est, à ce jour, impossible à estimer.

Première partie

La ferme

1

La bicyclette abîmée est posée contre le mur de la maison. Le beau-père l'a récupérée et attachée à la gouttière avec une chaîne rouillée. C'est une vieille bicyclette de l'armée. La roue avant est passée sous une voiture et forme un angle droit. Sur un bout de carton accroché au guidon, une écriture maladroite indique « à vendre ».

Je la regarde depuis les marches de l'entrée où je suis assise. J'ai ôté mes chaussures et je balance mes pieds sous le soleil de midi. J'ai besoin de faire pipi, ça presse, mais le beau-père a été clair : ne bouge pas d'ici. Il est parti à l'aube pour son travail à la centrale hydroélectrique. Il y va à pied, notre quartier est proche de l'usine construite sur la rive de l'Aar qui, à cet endroit, forme un coude.

Hier, il a dit qu'il ne voulait plus me voir. Il pleurait, mais ses larmes n'étaient pas pour moi. Il a ajouté qu'on viendrait me chercher, qu'il fallait que j'attende devant la maison entre midi et une heure. Après ça, il est allé se coucher. Il a claqué la porte si fort que l'air m'a giflée.

La ruelle étroite devant la maison dégage une odeur d'ordures laissées à pourrir. Les fenêtres donnent sur un grand mur suintant d'humidité ; le grondement du trafic s'y répercute depuis la route surélevée qui passe près du toit du bâtiment.

Dumas, un pauvre matou sans maître au pelage clairsemé miaule, dans l'obscurité du palier. Il était agile et dodu jusqu'à ce que madame Leer meure de pneumonie et le laisse en héritage aux habitants de l'immeuble. Depuis, il reçoit des coups de balai quand il cherche à se mettre à l'abri du mauvais temps. Au milieu de la nuit, je l'entends souvent fouiller dans les poubelles. Parfois, le soir – même si mon estomac gargouille et me supplie de terminer mon assiette jusqu'à la dernière bouchée – je garde pour lui un petit quelque chose.

Dumas me fixe de ses yeux fatigués. Je pense à ceux de mon beau-père, pleins de larmes et de haine.

Je sors mon mouchoir de ma poche, le déplie sur ma paume. Le tissu doux sent le savon de Marseille. Avec l'index, j'effleure les initiales NB brodées dans un coin avec du fil rose ; je presse le mouchoir sur ma joue et ferme les paupières le plus fort possible. Je voudrais pouvoir laisser le monde entier hors de moi.

Je relève ma jupe, mes genoux se réchauffent au soleil. Ma tête devient lourde sur ma paume. J'ai peu dormi. Toutes sortes de pensées m'ont tenue en éveil, sans oublier cette boule dans l'estomac qui ne veut pas partir et n'a aucune raison de le faire. Au fond, elle a tous les droits de rester là où elle est.

Une voiture s'approche au pas, on dirait que son conducteur veille à ne pas rayer les rétroviseurs contre le mur. Le bruit du moteur se fond dans le vacarme provenant de la route. La portière s'ouvre ; un homme bien habillé ajuste son chapeau sur son front en sueur.

C'est sûrement le tuteur. En surpoids, essoufflé comme si sa voiture était à pédales et qu'il venait de faire un long trajet. Il tient un dossier dans les mains, vérifie que le numéro de la maison correspond avant de baisser les yeux sur moi. Il tourne le dossier pour me le montrer : données tapées à la machine à écrire, signatures, et photo agrafée. Je me souviens qu'on l'avait prise lors de ma dernière année d'école. Mes yeux ressemblent à deux billes noires, et même si je souris, on comprend que je suis mal à l'aise.

J'essaie de soulever mes pommettes et de lui sourire pour ressembler à la jeune fille de la photo.

« Ida Bühler ? » demande le tuteur. Avant même que je réponde, il se met à lire mon dossier : « Fille de Nina Bühler. Née le 12 mai 1939. De père inconnu. Correct ? »

Je fais oui de la tête. Me lève d'un bond, baisse ma jupe pour cacher mes jambes. Le tuteur me scrute attentivement. Son regard s'attarde sur ma poitrine.

« Tu as des bagages ? »

Je fais non de la tête.

« Si tu veux prendre des affaires, c'est maintenant. »

Je serre le mouchoir dans mon poing, le cache soigneusement dans ma poche. Je dois toujours faire pipi, mais l'homme semble pressé. À vrai dire, je n'ai pas envie de retourner dans cette maison qui ne sera jamais plus la mienne.

Il se dirige vers la voiture. « Mets tes chaussures, on y va. La route est longue. »

*

J'agrippe trop tard le cuir du siège. Le virage est sec et mon crâne cogne contre la vitre de la portière.

« Désolé », dit le tuteur. Il a l'air sincère, ce qui ne l'empêche pas d'amorcer le virage suivant sans ralentir.

La route devient pentue, la voiture grimpe péniblement. Le moindre soubresaut se répercute dans mon bas-ventre, et mon besoin de faire pipi se transforme en véritable douleur.

Le panorama derrière la vitre a changé : d'imposants rochers pointus sortent de terre, des tronçons de forêt sombres avalent la lumière. On voit de petits villages juchés sur les crêtes et, là-haut, se détachant dans le ciel violet, la neige recouvrant les plus hauts sommets.

« On y est presque », fait le tuteur. Il croise mon regard dans le rétroviseur. Ses yeux sont petits, celui de droite est parsemé de vaisseaux éclatés. « Tu es une chanceuse, tu sais ça ? Tu as 13 ans et l'État continue de te couver. Ailleurs, on te laisserait crever de faim dans la rue. »

Je ne réponds pas. Je pense au petit appartement, à la bicyclette endommagée. Au regard plein de rancœur du beau-père.

« Si je te disais combien coûte tout ce bazar, tu n'y croirais pas. Rien que l'essence, la paperasse administrative, ma journée de travail... Les contribuables paient déjà assez d'impôts, mais les sous ne suffisent jamais à prendre soin de vous tous. Orphelins, nés sous X, enfants abandonnés ou livrés à eux-mêmes, mères alcooliques, pères en prison... Bref, vous êtes une flopée. »

La route coupe à travers une forêt, se faufile sous une arche faite de roche avant de se remettre à grimper.

Le tuteur me lance un regard sévère. « Si tu tires au flanc ou tu te comportes mal, monsieur et madame Hauser me le signaleront. Je viendrai alors te chercher et te traînerai par les cheveux dans un institut. Il ne se passera pas un jour sans que tu regrettes leur ferme. Suis-je clair ? »

J'acquiesce. J'ai entendu parler des instituts. Les jeunes comme moi, c'est là où ils vont si on ne les envoie pas chez les paysans. Les filles, on les place aussi chez les bonnes sœurs.

« Vu ma position, je ne devrais pas te le dire, mais je ferai une exception : des trucs moches se passent derrière les murs des instituts. Il serait regrettable que tu en fasses l'expérience sur ta propre peau. »

Nous passons le dernier col, la route débouche sur un plateau.

Le tuteur ralentit. « Le village où tu vivras est un bon endroit. Les Hauser sont des gens corrects, ils travaillent dur. Ils n'ont pas d'enfants, tu seras donc seule avec eux. Et tu auras ton propre lit, un luxe par les temps qui courent. »

Il se gare sur le côté de la route et ouvre la portière. L'air froid pénètre dans la voiture, je le sens dilater ma gorge et piquer jusqu'à l'intérieur de mes poumons.

« On continue à pied, dit-il. Il a plu et j'ai pas l'intention de rester embourbé au milieu des vaches. » Il sort sa jambe, son pied finit dans une flaque d'eau. « Bordel », gronde-t-il tout en sautant d'un pied sur l'autre et secouant sa chaussure pour en dégager la boue.

Je descends à mon tour, referme doucement la portière sans la faire claquer. Ça sent le fumier et l'herbe mouillée. Je lève ma jupe et je suis le tuteur.

La route se sépare en deux : d'un côté, elle mène à une ferme construite au pied d'une colline disparaissant dans le brouillard. De l'autre, elle conduit au village qui s'étire en contrebas de la colline et du faux plat. Au-delà des maisons, là où la montagne se dresse vers le ciel, on aperçoit quelques fermes et une église solitaire, dernier témoin d'un village dont les anciennes habitations n'existent plus.

Arrivé à la ferme, le tuteur frappe à la porte. Il insiste, ses coups résonnent.

Une femme décharnée surgit à l'angle de la maison. Ses cheveux noirs et ébouriffés forment comme des grappes sur son crâne. Ses vêtements sont alourdis par la crasse et la pluie. Pourtant, son visage est beau, les yeux bleu clair soulignent ses traits gracieux. Elle salue le tuteur avant de me dévisager. « C'est elle, c'est la fille ? »

Le tuteur acquiesce.

« Elle paraît plus âgée.

— Mieux vaut grandir vite que de ne pas grandir du tout, non ? »

La femme m'observe, fronce les sourcils. Renifle bruyamment.

« J'ai des documents à faire signer à votre mari, dit le tuteur. Il est par là ?

— Je vais l'appeler », répond la femme. Puis elle s'adresse à moi et indique une charrette remplie de bûches. « Tu me ranges tout ça dans la grange. Ensuite, tu nettoieras l'étable. »

Le tuteur mime un « vas-y » avec ses lèvres. Je soulève les bras de la lourde charrette, mes pieds glissent sur le sol vaseux. Je tombe à genoux, ma jupe s'imbibe d'eau boueuse. Je me relève, dégage ma frange, et m'en mets partout sur le visage.

La femme secoue la tête. « Espérons qu'on n'a pas fait une erreur », dit-elle suffisamment fort pour que je puisse entendre.

« Elle vient d'arriver, elle apprendra. »

Je prends une première brassée de bûches et la transporte dans la grange. La voix du tuteur traverse les cloisons. « Rappelle-toi ce que je t'ai dit, jeune fille. Parce que si je dois revenir pour te le répéter, tu passeras un mauvais quart d'heure. » Je profite de ce qu'ils ne me voient pas pour m'accroupir dans un coin recouvert de paille et baisser ma culotte. Le poids sur mon bas-ventre s'écoule enfin. « Tu as entendu ? insiste-t-il. Comporte-toi correctement et obéis au paysan. N'oublie pas qu'à l'institut il y a déjà un lit avec ton nom inscrit dessus. »

*

La nuit est tombée. L'unique ampoule de l'étable bourdonne comme une mouche emprisonnée dans un pot. Avec une serpillière, je récure chaque recoin de l'étable.

Je n'ai pas encore mangé. La faim tord mon estomac. Je n'ai plus de force dans les bras, la serpillière pèse aussi lourd qu'une pelle. Mes vêtements ne sont pas faits pour le travail à la ferme : le tissu trop mince s'imprègne de sueur, la jupe colle et griffe entre les cuisses comme du papier de verre.

Je suis au fond de l'étable quand j'entends la porte grincer. L'ombre d'un homme s'étire dans l'encadrement.

Il entre, trébuche sur le seau, une rigole d'eau sale s'écoule jusqu'à mes pieds. « Nom d'un chien », lâche-t-il. Il donne un coup de pied au seau, l'envoie valdinguer contre une stalle. « Qu'est-ce que ça fout là ?

— J'étais en train de nettoyer...

— Qui t'a appris à répondre, tes parents ?

— Non, Monsieur. »

L'homme regarde autour de lui. Tout est à sa place, les balles de foin bien rangées, les crochets pour les outils brillent. « Pour être propre, c'est propre », constate-t-il. Il déambule lentement pour mieux vérifier, acquiesce. « Je suis Arthur, le mari de Greta. Tu seras nourrie et logée. En échange, tu nous aideras à la ferme, et sans discuter. »

Il a un visage ovale sur un corps mince et musculeux. Il n'est pas très grand. Son front est dégarni jusqu'à la moitié du crâne. Le reste de ses cheveux est coupé court.

« On ne t'accueille pas par bonté d'âme ou parce que t'étais à la rue », dit-il. Son haleine est chargée d'une odeur de terreau mêlée au tabac. « Mais parce qu'on a besoin de bras. Ici, en montagne, rien n'est donné. Pour un coup de chance, on a sept retours de bâton.

— Je ferai de mon mieux.

— Ton certificat de naissance dit que ta mère était catholique. J'imagine que tu l'es aussi. Sache que dans cette maison et au village, nous sommes tous protestants. C'est un problème pour toi ?

— Non, Monsieur. Je ne connais pas grand-chose à la religion, de toute façon. Ma mère n'était pas pratiquante.

— Bien. Parce qu'ici, on a un pasteur et une église, mais on ne se confesse pas. Tes péchés ne regardent que toi et le Seigneur. »

Le mot « péchés » me fait frissonner. Je tâche de rester impassible, sans vraiment y parvenir. Je n'ai jamais réussi à cacher mes émotions.

« Quand t'auras fini de nettoyer, je t'apporterai à manger. Cette nuit, tu dormiras ici.

— Dans l'étable ?

— Pourquoi, ça te pose un problème ? Tu as un toit sur la tête et de la paille pour te coucher.

— C'est que... le tuteur m'a dit que j'aurais un lit. Et une chambre.

— Dans la vie, tout se mérite. T'as nettoyé l'étable et gagné un repas. Si tu travailles et t'obéis, t'auras ta chambre et à manger. Tu viens d'arriver, tu dois prouver ce que tu vaux, compris ? »

Je fais oui de la tête. « Je m'excuse, Monsieur.
— C'est bien. Maintenant, au boulot. »

Quand j'en ai terminé avec la serpillière, j'installe une couche dans un coin avec de la paille, là où la puanteur d'urine et de sueur animale est moins forte.

Arthur revient avec une gamelle et une couverture en laine. Il les pose par terre et s'en va sans dire un mot.

La gamelle contient une carotte et une tranche de pain dur. Je dévore la carotte en trois bouchées. Je fais des petits morceaux avec le pain, les imbibe de salive et les suçote comme des bonbons que je laisse fondre sur ma langue. Chez le beau-père, il y avait toujours à manger, pas forcément à satiété, mais au moins de quoi calmer l'appétit. Je comprends qu'ici, ce sera différent. Tout sera différent.

Je pose la main sur mon ventre pour le réchauffer et apaiser la faim. Une pluie fine se met à tambouriner sur le toit.

Je me recroqueville sur la paille, tire la couverture jusqu'au menton. Je ferme les yeux et j'attends le sommeil.

2

Dans le poulailler, l'air est si âcre que mes yeux se mouillent. « Question d'habitude, dit Greta. Encore une semaine ici, et ton petit nez délicat ne se rappellera même plus quelle odeur a la vie sans fumier. »

La dernière poule sautille mollement au-delà de la porte. Greta me demande de récurer les fientes, de débarrasser les toiles d'araignée et les plumes.

« Après, tu laveras les murs avec l'eau de la fontaine. Enlève bien les restes de saleté. C'est compris ?

— Compris.

— Si c'est encore sale, je t'y fais dormir. Quand t'auras fini ici, tu t'occuperas de la maison. Je te montrerai demain comment traire une vache. »

Les Hauser possèdent une fermette avec quatre vaches, des poules, un cochon et trois lapins. Ils ont deux charrettes, une pour le bois et l'autre pour le fumier, quelques outils, un métier rudimentaire pour le tissage.

La première tâche de la journée a été d'aider Arthur à sortir le bétail et de le conduire au pâturage. Ensuite, j'ai vidé le fumier et balayé la cour. Après un repas à base de patates et de soupe tiède, Greta m'a envoyée ramasser du petit bois dans la forêt. J'en ai fait des tas que j'ai ficelés et empilés dans la grange.

Lorsque je sors du poulailler pour remplir le seau, je croise Arthur tirant la charrette vers le tas de fumier. « Tu travailles bien, dit-il. Tu es fatiguée ?

— Non, Monsieur.

— Tes jambes tremblent.

— J'ai froid. Et mal aux pieds, à cause des ampoules.

— Tu n'as pas les bons vêtements. C'est tout ce que t'as ?

— Oui, Monsieur.

— On va tâcher de te trouver quelque chose. En attendant, termine ce que tu... »

Un râle gargouille dans sa poitrine et se transforme en quinte de toux. Il tousse longuement, comme secoué par des vomissements, avant de prendre une profonde inspiration.

« Tout va bien, Monsieur ?

— Satané hiver. L'air froid me convient pas. Parfois, j'ai l'impression de respirer du verre pilé.

— Je suis désolée.

— D'autres sont plus mal lotis que moi. Allez, au travail ! »

Nettoyer le poulailler est une corvée, la saleté est tenace. Je frotte, repasse dessus avec de l'eau. Arthur vient vérifier et hoche la tête, satisfait.

Il dit : « Au village, il y a deux personnes que tu dois connaître, le maire et le pasteur. Bon, sache que le vieux pasteur est gâteux, je pourrais te présenter à un arbre, ce serait pareil. On ira les trouver un de ces jours. Pour le reste, notre vie se passe ici, à la ferme. On se lève avant l'aube et on trime jusqu'au soir. On soupe et on va se coucher.

— Très bien, Monsieur.

— Il y a aussi le marché dans un village de la vallée. On y vend surtout des œufs et les tricots de Greta. C'est elle qui s'en occupe. Si elle a besoin d'aide, elle te le dira. Qu'est-ce que tu dois faire, maintenant ?

— Nettoyer la maison.

— Prends une pause. Tu l'as méritée. »

J'hésite à m'asseoir, si je m'arrête ce sera encore plus difficile de m'y remettre. Je décide de marcher un peu sur la colline derrière la ferme.

La vallée s'offre à ma vue. L'air s'est refroidi et les couleurs du soir obscurcissent les contours du ciel. Je redoute la nuit qui m'attend, les odeurs de l'étable. Je regarde mes mains écorchées. Arthur et Greta semblent contents de mon travail, mais je crains qu'ils deviennent plus exigeants au fil des jours. Qu'est-ce qui se passera si je tarde à revenir avec le bois ou s'il reste des saletés dans l'étable ?

Je sens de nouveau cette boule se former dans mon ventre. Mes pensées s'envolent par-delà la montagne, jusqu'au quartier du beau-père. La ruelle bruyante, le vélo posé contre le mur. La roue tordue. Je me demande s'il est encore là, avec sa chaîne rouillée et l'écriteau *à vendre* gondolé par la pluie, ou si quelqu'un l'a acheté. Peut-être ce quelqu'un a-t-il réparé la roue et pédale en ce moment même à travers la ville ?

La boule grossit dans mon ventre, mes yeux se remplissent de larmes. La pause a assez duré. Je me remets au travail.

*

Le soir, les Hauser m'accueillent pour la première fois dans leur maison. Le plafond est bas, le plancher en bois foncé. Une table, deux chaises devant la cheminée.

Greta prépare le dîner dans la cuisine qui est le coin le plus sombre de la maison, dépourvu de fenêtres. Le poêle sert pour la cuisson, le tuyau en métal disparaît dans le mur et le conduit monte aux étages.

Après les maigres portions reçues jusqu'à présent, le dîner me semble un festin : pommes de terre, betteraves, une soupe avec des morceaux de pain. Greta bénit le repas, on se met à manger sans parler. J'ai beau être habituée au silence, celui-ci est différent, un silence monocorde, alors qu'avec ma mère c'était une sorte de théâtre silencieux constitué de gestes : bras, mains, pommettes, sourcils et bouches mimant des mots.

Arthur est le premier à terminer son assiette. Il réprime un rot, bouche fermée. « Je vais à l'étable », dit-il.

Je continue de manger tête baissée. Lorsque je lève les yeux, je croise le regard de Greta qui m'observe, comme si elle étudiait ma façon de me tenir à table pour me rabrouer.

« Tu sais faire la vaisselle, dit-elle, ou je dois t'apprendre ça aussi ? »

Plus tard, couchée sur la paille, je fais le bilan de cette journée épuisante qui n'en finissait plus. Demain, ce sera pareil, et après-demain aussi. Mais je me dis que si je travaille dur, j'aurai mon propre lit et suffisamment à manger. J'aurai une vie comme celle de beaucoup d'autres. Une vie difficile, certes, mais qui ne peut pas être considérée comme une punition. Ce qui signifie que mon châtiment prendra une autre forme.

Pendant un moment, j'essaie d'imaginer ce que me réservera l'avenir. *Arrête, espèce d'idiote, tu n'as pas à t'inquiéter de ça.* Je dois seulement obéir à ce qu'on décidera pour moi.

Et l'accepter.

*

Le lendemain, je me réveille endolorie, le corps traversé de frissons. Je passe la main sur mon front, ma peau est en feu. Mes vêtements sont humides, maculés de terre et de fientes de poules. Ils empestent, mon corps aussi sent mauvais.

Je me lève péniblement. Je dois laver les pis des vaches pour que Greta puisse les traire. Elles font leurs besoins, répandent leurs excréments partout avec leurs pattes et puis se couchent dedans.

Greta me rejoint quand j'ai terminé. Elle prend deux tabourets et me dit de faire comme elle. « Ce matin, elles sont tranquilles. Mais il arrive qu'elles soient nerveuses et donnent des coups de sabot, ça dépend de la météo. »

Les mamelles sont chaudes et gonflées. Le lait gicle en moussant dans le seau. La sensation est plaisante, je presse une tétine puis l'autre, petit à petit je trouve le bon rythme.

Après la traite, je m'occupe du cochon. J'étale de la paille dans son enclos, remplis le seau d'eau et lui prépare sa bouillie de farine que je mélange dans une écuelle.

À midi, pour tout repas, il n'y a qu'un morceau de pain. Il est si dur que mes dents peinent à en briser la croûte.

« C'est bien assez pour te requinquer, dit Greta. Parfois, c'est comme ça, faudra t'y faire. »

L'après-midi, elle m'emmène faire la connaissance du pasteur. « Ueli est un homme malade, m'explique-t-elle, il commence à perdre la tête. Espérons qu'il soit dans un bon jour. »

On quitte la ferme et on descend la route menant au village. Mes jambes sont comme du bois et j'ai de la peine à tenir le pas de Greta qui accélère dès qu'on atteint les premières maisons. Les habitants nous regardent de travers. Greta les salue, continue tout droit sans leur sourire, jusqu'à ce qu'on débouche de l'autre côté du bourg.

« Pourquoi ils nous regardent comme ça ? je demande.

— On est pauvres, voilà pourquoi.

— Eux ne le sont pas ?

— La plupart, si. Mais ils se croient mieux que nous. À cause des parents de mon mari. Le père était un bon à rien d'ivrogne et sa mère... Disons, une femme de petite vertu. Arthur a toujours travaillé dur sans jamais réussir à effacer cette tare.

— Pourquoi il est resté au village, alors ?

— Il a repris la ferme du vieux paysan pour lequel il était commis. Maintenant, ça suffit avec les questions. Attends-moi ici. »

Je la regarde pénétrer dans l'église. Sur la droite, il y a un espace avec des balançoires, une bascule fabriquée avec un tronc d'arbre ainsi qu'un vieux tracteur sans roues prisonnier de la végétation.

Le cimetière s'étend sur la colline derrière l'église. La silhouette d'un homme se détache entre les pierres tombales et les croix. Il a les yeux fermés, la main appuyée sur une stèle. Je cueille quelques mots, assez pour comprendre qu'il s'adresse à sa femme défunte, lui racontant sa journée. L'homme est rasé, il a les cheveux drus. Il doit avoir la cinquantaine et affiche le sourire triste de ceux qui retiennent leurs larmes.

Greta apparaît avec Ueli à son bras. Elle l'aide à s'asseoir sur un banc et me fait signe de les rejoindre.

Le pasteur garde le nez au ciel. Il observe l'azur d'un air béat.

Lorsque Greta me présente, il ouvre la bouche, étonné. « Oh, dit-il, la nouvelle jeune fille... » Il prend ma main dans les siennes. Ses paumes sont rêches et froides, striées de veines bleues, je sens trembler son corps fragile. « Quand un s'en va, un autre arrive, n'est-ce pas ? »

Greta répond par un sourire.

« Une bien belle journée », dit le pasteur. Il caresse le dos de ma main avant de la lâcher comme si quelque chose l'avait piqué. Son regard confus passe de Greta à moi. « Qui est cette jeune fille ? » demande-t-il.

Sur le chemin du retour, Greta hausse les épaules. « Ce n'était pas un bon jour. Si ça se trouve, il va venir dans quelque temps à la ferme et demander de rencontrer la " Nouvelle ". Et dire que certains voudraient qu'il continue à enseigner aux enfants !

— Qu'est-ce qu'il a voulu dire par *quand un s'en va, un autre arrive* ? »

Greta a un geste d'agacement. « Il y a quelques mois, quand le pasteur avait encore sa tête, un scélérat a quitté le village. Ueli a tenu un sermon à propos des *liens sacrés du mariage que seule la mort peut dissoudre*, et je crains que, depuis, son disque soit rayé. Quand il réussit à parler durant l'office, il ne fait que rabâcher.

— Un scélérat ?

— Il est parti, abandonnant femme et enfant. Comment veux-tu appeler autrement un tel individu ? »

Je pense à mon père qui a disparu quand je n'avais même pas pris forme dans le ventre de ma mère, sans me laisser la moindre caresse ou ne serait-ce que l'image floue de son visage. La fille du « scélérat », elle, aura au moins eu ça. Greta se rend compte de ma soudaine tristesse.

« Si tu souhaites verser une larme pour l'épouse éplorée, économise ta peine. Elle s'est mise toute seule dans le pétrin. Le bébé est né hors mariage. D'une manière ou d'une autre, ces choses-là finissent mal. » Ses lèvres amorcent un sourire mesquin, mais peut-être n'est-ce qu'une impression.

« Tu sais de quoi je parle, non ? »

Je baisse la tête, et continue de marcher.

Greta se plante devant moi. « Sache que nous sommes au courant de tout, Arthur et moi. J'espère que t'auras assez de jugeote pour ne pas commettre les mêmes erreurs que ta mère. »

*

Après le repas du soir, Greta m'envoie faire la vaisselle. « Demain matin, tu apporteras le lait au charbonnier. Il habite à une vingtaine de minutes du village, il t'attend pour sept heures. »

Je réponds « d'accord », mes paupières se ferment. La nourriture dans mon ventre est le coup de grâce après cette journée interminable.

« Tâche de bien te comporter. Le charbonnier est un brave homme. »

Je passe un coup d'éponge sur les couverts. L'eau glacée soulage mes mains crevassées.

La vaisselle terminée, Arthur me demande de le suivre à l'étage. Il ouvre la porte d'un débarras et m'indique un vieux matelas. La couverture est celle que j'ai utilisée pour dormir dans l'étable.

« Et alors, quoi ? Tu n'entres pas ? Tu t'attendais à une chambre d'hôtel ? »

Je fais signe que non. La pièce est exiguë et sombre, mais c'est la première fois que j'ai un endroit à moi. En ville, dans le dernier appartement qu'on a occupé, je dormais dans un coin du salon. Chez l'ancien petit ami de ma mère, j'avais un lit de camp acheté d'occasion à l'arsenal militaire. Et quand on habitait encore chez ma grand-mère, maman et moi dormions dans le même lit.

« Ne te fais pas d'illusions. Si tu tires au flanc, tu retournes dans l'étable, c'est clair ? »

Arthur referme la porte. La première chose que je fais est de cacher le mouchoir sous le matelas. J'arrange ses bosses de façon à ce qu'il puisse accueillir la forme de mon corps allongé sur le côté, jambes recroquevillées. Je suis habituée à dormir ainsi car le lit chez mon beau-père était petit, et moi j'avais grandi trop vite. Sous la peau, j'avais senti mes os s'allonger et prendre forme, le chantier de mon corps en plein bouleversement. Sur ce matelas, je pourrais étendre les jambes, mais je me pelotonne quand même. Je revois les yeux du beau-père la veille de mon départ, et puis ceux de Greta, cet après-midi, son regard trouble alors qu'elle me disait *sache que nous sommes au courant de tout*.

Le tuteur a dû leur raconter notre histoire, depuis ma naissance jusqu'à ce que tout bascule et qu'on me place en famille d'accueil.

Pourtant, ils ignorent la vérité : celle qui se cache au fond de moi. Et puisque dans ces montagnes, Dieu seul connaît mes péchés, elle y restera enfermée. Pour toujours.

3

L'air du matin pique les joues. Mes narines s'emplissent de l'odeur de terre humide, ma respiration se condense et se mélange à la brume de la forêt. Greta m'a dit de prendre par le sentier et de suivre le filet de fumée s'élevant au loin par-dessus les arbres.

Le lait clapote dans le bidon, la poignée fine meurtrit ma paume. Je le passe d'une main à l'autre sans le poser par terre ni perdre de temps. Il faut que je nettoie l'étable et m'occupe du cochon. Étendre le linge. Si je travaille bien, j'aurai à manger : la seule pensée d'un repas atténue ma douleur.

Le sentier rétrécit, les branches s'entremêlent, masquant le ciel sombre. Mes pas vibrent avec les bruits de la forêt : l'écoulement d'un ruisseau, le cri d'un rapace.

Je débouche sur une clairière. À travers le brouillard, je devine les contours d'une maison en bois qui paraît suspendue dans les airs. En réalité, elle repose en équilibre sur quatre blocs de pierre tel un funambule qui pourrait tomber d'un moment à l'autre. Un grand chêne au tronc noueux et aux rameaux enchevêtrés domine la trouée. Une balançoire accrochée à la plus grosse branche oscille dans le vent.

Un chien aboie. Je sursaute et manque de laisser tomber le lait.

« Gentil, Rudi », fait une voix.

Un homme apparaît devant la maison. Il se penche pour caresser et rassurer le berger allemand qui jappe. « N'aie crainte, me dit l'homme, il est aussi doux qu'un agneau. »

Ses traits sont masqués par une barbe grise. Il est coiffé d'un béret. Sa paupière gauche est à moitié fermée. On dirait que la pupille a glissé vers le bas afin de pouvoir me regarder. Il se présente : Théodore. « Et toi, comment tu t'appelles ? me demande-t-il. Greta m'a averti que tu apporterais le lait, mais elle ne m'a pas dit ton nom.

— Ida. Je m'appelle Ida.

— Et tu viens de Berne, c'est ça ?

— J'ai grandi à la campagne, avant d'aller vivre en ville avec ma mère.

— Et maintenant, te voilà ici », conclut Théodore. Sa voix est rauque et monocorde.

« Dommage pour toi, le village n'est plus ce qu'il était. C'est devenu un endroit funeste.

— N'importe où, pour moi c'est pareil.

— Mais tu as tout de même de la chance. Greta est une femme intègre ; même pauvre, elle possède la plus grande chose qui soit : la dignité. »

Je déplace mon poids d'un pied sur l'autre. « Je dois y aller, maintenant.

— Attends une minute. » Il grimpe un fragile escalier en bois et pénètre dans la maison surélevée. Lorsqu'il réapparaît, il tient un baluchon dans ses mains. « Tu m'as l'air plutôt grande pour ton âge, ça devrait t'aller. »

Je regarde à l'intérieur du sac : une pile de vêtements féminins pliés avec soin et une paire de chaussures en cuir.

« C'est pour moi ? Vraiment ?

— Va, maintenant. Et remercie Greta pour le lait. »

Je me hâte le long du sentier, impatiente d'arriver à la ferme et d'essayer mes nouveaux habits.

Le charbonnier m'a paru très gentil. Il a un visage aimable même si ses yeux sont tristes. Est-ce parce qu'il vit dans la forêt avec son seul chien pour lui tenir compagnie ? Je me demande à qui ont appartenu ces vêtements qui ne servent plus, et ma bonne humeur s'assombrit d'un coup.

*

Quelques jours plus tard, alors que je suis occupée à étendre le linge, j'entends une voix inconnue. Curieuse, je suspends la dernière chemise sur la corde et je m'approche.

Arthur discute avec un garçon roux aux sourcils épais et au visage couvert de taches de rousseur.

« Alors, comme ça, tu voudrais nous aider.

— Oui, Monsieur.

— Vous n'avez pas assez de travail à la ferme ?

— D'habitude si, mais aujourd'hui j'ai un peu de temps.

— Et l'envie te prend de venir ici couper mon bois ? »

Le garçon hausse les épaules.

Arthur me voit et me fait signe de les rejoindre. « Ce gaillard est Konstantin Schubert. Il est à peine plus âgé que toi, sa famille vit dans la ferme du haut. Il est venu nous offrir son aide et jure de ne pas avoir d'autre idée derrière la tête. Qu'est-ce que t'en penses, on peut le croire ? »

Je salue Konstantin avec un sourire.

« Qu'est-ce que t'en penses d'aider la fille à nettoyer le poulailler plutôt que de couper du bois ? »

Les yeux de Konstantin s'illuminent. « Tout ce que vous voulez, Monsieur ! »

Arthur se gratte le menton. « Je ne t'ai pas vexé, au moins ?

— Vexé ? Pas du tout, monsieur Hauser.

— Sûr ? Je me suis mal exprimé, je te demande pardon. Un grand gaillard comme toi n'a pas besoin de l'aide d'une fille pour nettoyer un poulailler.

— Bien sûr, oui... »

Arthur me pousse en direction de la ferme. « Allez, t'as entendu Konstantin ? Il peut se débrouiller tout seul. Prends-en de la graine, il sait ce que c'est que de travailler dur. Comme son père, pas vrai ? »

Konstantin regarde autour de lui comme si le cochon, les lapins ou les poules pouvaient lui suggérer une réponse. Puis, il balbutie : « Oui, monsieur Hauser. »

Arthur lui donne une tape virile sur l'épaule : « T'es un bon petit gars. »

Ce soir-là, après le souper, je me retire dans ma chambre. Habituellement, la maison est un sanctuaire, aucun bruit à l'exception d'une porte qui grince lorsque Greta ou Arthur montent se coucher. Mais là, depuis mon lit, j'entends la discussion s'animer à l'étage du dessous.

J'entrouvre la porte. Leur échange, par un jeu d'échos et de résonances, me parvient aussi clairement que si j'étais assise à table avec eux.

« Ils commencent déjà à lui tourner autour, fait Greta. Qu'est-ce que je t'avais dit ?

— Et alors ? Laisse-les faire, y'a pas de mal.

— La question est de savoir à partir de quand on aura des problèmes.

— Quels problèmes ?

— Je ne sais pas. À toi de me le dire. C'est une jolie fille, non ?

— On la surveillera.

— Bien sûr. Mais je ne m'inquiète pas seulement pour elle.

— Qu'est-ce que tu veux dire ?

— Rien, fait Greta. Rien du tout. Je vais me coucher. »

Je referme la porte sans bruit. Les pas de Greta retentissent dans l'escalier. Je l'entends entrer dans sa chambre. Pas le moindre son ne parvient du rez-de-chaussée. Je me demande ce que fait Arthur, s'il s'est endormi à table ou s'il est encore assis là, perdu dans ses pensées.

Ils commencent déjà à lui tourner autour.

Je sais bien que les garçons apportent des problèmes. Et je sais aussi que, de temps à autre, on peut l'oublier. Comme cette fois sur le palier de la maison en ville, le froid de l'escalier sous les fesses. Je revois le visage de Thomas coupé en deux par la pénombre, souriant. Sortir en cachette était facile : le beau-père et maman dormaient dans leur chambre tandis que mon lit était installé dans un coin du salon, près de la porte. Je montais au dernier étage où il n'y avait pas d'appartements, seulement l'accès aux greniers. Thomas m'y attendait. C'était un garçon maigre à la peau claire, si claire que ses hématomes et ses griffures sautaient aux yeux. Il en avait toujours de nouveaux. C'est pas qu'on le battait, il était juste maladroit par nature : il aurait réussi à se faire mal en ouvrant un pot de cornichons. Du moins, c'est ce qu'il disait. On parlait en chuchotant, on étouffait nos rires au creux du bras. Si on n'avait rien de particulier à se raconter, on inventait des histoires, comme celles des spectacles du Théâtre de l'Oratoire. Une fois, on a joué une scène où on s'est embrassés sur la bouche. Et puis, un soir, j'ai remarqué que Thomas était différent. Il semblait nerveux, évitait de croiser mon regard. Je me suis assise près de lui et il m'a demandé de le laisser me toucher entre les jambes. Je lui ai dit qu'il pouvait le faire puisqu'il y tenait tant. Il a enfilé en tremblant sa main sous ma chemise de nuit. J'ai pensé que je devais faire pareil, mais quand j'ai posé ma main sur sa braguette, il s'est affolé. J'ai baissé ma chemise de nuit et je lui ai demandé comment il s'était fait cette marque violette sur l'avant-bras. Il est alors redevenu le garçon habituel. On a discuté et puis on est retournés au lit.

Thomas habite toujours là-bas, et qui sait quelles bosses ou quelles écorchures il a réussi à récolter aujourd'hui. Aura-t-il trouvé une nouvelle amie avec qui parler et rejouer des scènes d'amour comme au théâtre ?

Quant à moi, je suis dans cette ferme. Et je dois arrêter de penser à tout ça, sinon je ne trouverai jamais le sommeil.

*

Les jours passent, la température se réchauffe. La lumière du matin baigne la cour quand je sors de la maison et m'accompagne jusqu'aux derniers travaux du soir. La rosée ne gèle plus dans les champs. Les jours se succèdent, le ciel est toujours plus clair et les journées s'allongent. Mes mains ne saignent plus, les Hauser n'ont plus à m'expliquer comment mener mes tâches. Je trais les vaches, nourris le cochon, nettoie la cour, récure l'étable. Je pousse la carriole de fumier, lave le poulailler, étends le linge, rince les outils, balaie les escaliers, m'occupe des lapins.

Les vêtements que m'a donnés le charbonnier sont pratiques et adaptés à la vie en montagne. Greta a retouché quelques points pour les ajuster et ils me vont parfaitement. Les chaussures sont robustes et les semelles – que Greta a renforcées avec une double couture parce qu'elles se détachaient – préservent mes pieds des embûches du terrain.

Le dimanche à l'église, on s'assoit toujours au dernier rang. On arrive juste à temps pour le sermon et on se dépêche de sortir après la dernière prière. Le pasteur d'un village voisin assiste à chaque office afin d'accompagner Ueli. Parfois, ils se partagent la tâche, ou alors Ueli est assis dans un coin, un sourire béat sur le visage, le regard poursuivant d'invisibles papillons.

Les Hauser parlent peu. Greta s'agace quand elle me trouve assise, elle me traite de paresseuse, de bonne à rien, même si je travaille dur et que je ne me concède que de rares moments de repos. Elle m'a aussi grondée parce que je n'avais pas tiré tout le lait de la vache ; heureusement qu'elle s'en était rendu compte, avait-elle crié, la mamelle aurait pu s'infecter. Arthur, lui, a toujours quelque chose à redire quant à la propreté de l'étable. Mais au final, le soir, ils me répètent souvent que j'ai mérité mon repas.

*

Aujourd'hui, je dois nettoyer la charrette à bois. Je décrotte les roues au moyen d'une brosse métallique. Le soleil de l'après-midi glisse par-delà les montagnes, de l'autre côté de la vallée.

Arthur siffle depuis le seuil de la ferme. « Mets ta robe, dit-il, et viens avec moi. »

Je monte dans mon débarras transformé en chambrette pour me changer. La robe que je portais en arrivant est lavée et pendue derrière la porte. Je la mets pour aller à l'église du dimanche. Alors que je déboutonne mon chemisier, je constate qu'Arthur m'a suivie et qu'il m'observe depuis les escaliers. Je pousse la porte.

« Qu'est-ce que tu fais ? Tu es chez moi. Et chez moi, durant la journée, les portes restent ouvertes. »

J'obéis, mais cesse de me déshabiller. Il me fixe encore avant de disparaître dans l'ecalier.

Vingt minutes plus tard, on marche à travers le village. Après avoir dépassé les maisons et une fois arrivés devant l'église, on emprunte la route en surplomb où se dressent deux fermes. Au-delà, une forêt dense prend possession de la montagne.

« Où va-t-on ? je demande.

— Chez Bastian Feld. Le maire du village. »

C'est au cimetière que j'avais aperçu le maire pour la première fois, le jour où j'avais rencontré le pasteur : c'était lui l'homme qui s'adressait à sa défunte femme. Par la suite, je l'ai revu à l'office, assis au premier rang, près de la chaire, entouré de ses deux fils.

La ferme Feld est plus grande que celle des Hauser. Le bois de la grange est récent et n'a pas encore été altéré par les intempéries. Une girouette en forme de coq pivote au sommet du toit.

Bastian Feld m'accueille d'une poignée de main légère. Il paraît distrait, peu enthousiaste de notre visite. Il fait un pas de côté et nous invite à entrer.

La maison est spacieuse, on y respire l'odeur du pain frais. Une nappe brodée recouvre la table, les ustensiles de cuisine sont soigneusement suspendus au plafond ; un fauteuil agrémenté d'un repose-pieds occupe l'espace devant la cheminée. Les fenêtres sont propres, la pièce est lumineuse. Chez les Hauser, les fenêtres sont rares et minuscules, et chaque fois que j'entre dans la maison durant la journée, j'ai l'impression que la nuit tombe d'un coup.

Monsieur Feld est tout à fait le genre de personne qu'on s'attend à rencontrer dans une telle maison. La posture droite, les cheveux bien coiffés, la peau du visage lisse de ceux qui se rasent chaque matin. Ses gestes sont calmes, presque lents.

« Je voulais te présenter la fille, dit Arthur. Au début, elle a eu un peu de peine, mais à présent, elle travaille bien. On a décidé de la garder.

— Ça me fait plaisir, dit le maire. À la ferme Eberle, l'année dernière ils ont pris un gaillard. Un peu plus jeune, à vrai dire. Mais il leur rendait la vie si difficile qu'ils en devenaient fous. Finalement, le tuteur est venu le reprendre. »

Il nous offre un verre de moût, frais et délicieux. J'en boirais bien un autre, mais je n'ose pas demander. Très vite, la conversation s'interrompt, faute de sujets. Je me demande pourquoi nous sommes venus jusqu'ici pour si peu. Dans le regard du maire, je lis la même interrogation.

« Eh bien, s'il n'y a rien d'autre..., dit-il.

— Il y aurait bien quelque chose, oui », répond Arthur.

Monsieur Feld soupire, résigné : « Vas-y, je t'écoute.

— Attends-moi dehors, me dit Arthur. Ça ne te regarde pas. »

La journée est si claire que, depuis la ferme Feld, on peut voir les maisons disséminées le long du plateau jusqu'à ce que la montagne se précipite dans la vallée. Je contemple ce paysage, les gribouillis de nuages dans le ciel bleu, lorsque je remarque un garçon assis dans le champ. C'est le cadet des frères Feld, le blond, celui toujours assis à gauche de son père pendant l'office. Il doit avoir plus ou moins mon âge. Son visage est sympathique, le genre à vous arracher un sourire chaque fois qu'on le regarde. Il tient une fronde dans les mains et vise un seau accroché à une branche : une cible éloignée et difficile à atteindre. Mais dès qu'il lâche l'élastique, le bruit métallique de l'impact résonne dans l'air. Le seau bascule d'avant en arrière.

Je rejoins le garçon : « Tu peux le refaire ? » je lui demande.

Il tend son lance-pierre, tire et rate la cible de peu. « On dirait que non. Tu veux essayer ? »

Je n'ose pas imaginer comment réagirait Arthur s'il me surprenait avec cet engin dans les mains. « Une autre fois.

— Tu es la nouvelle de chez les Hauser, c'est ça ?

— Je m'appelle Ida.

— Je suis Noah. Tu viens de la ville ?

— Oui. »

Noah projette son regard au loin et plisse les yeux, comme s'il essayait de se transposer là-bas. « Ça doit être une autre vie.

— C'est différent.

— Mieux ?

— Quand t'es pauvre, la vie est dure partout. »

Noah ramasse un caillou et vise à nouveau avec son lance-pierre. Le seau fait deux tours sur lui-même. « Différent, c'est déjà bien assez.

— Ton père est un homme important ici, non ?

— Ça dépend de ce que tu entends par " important ".

C'est le maire, il s'occupe de la commune. Pour les gens du coin, il est aussi une espèce de conseiller, ils viennent lui demander son avis. S'il y a une querelle, il essaie de la résoudre, ce genre de choses.

— Ils lui font confiance?

— À lui et au nom de Feld. Ça a commencé avec mon arrière-arrière-grand-père, et c'est devenu une tradition, depuis. Les gens vont chez le pasteur pour des questions liées à la foi et à la famille. Pour les choses pratiques, ils frappent à la porte du maire.

— Alors, un jour, ils viendront frapper à la tienne.»

Noah rit. «Tu t'adresses au mauvais frère. C'est à Reto que reviendra ce privilège. Et je préfère ça: une chaîne en moins qui me retiendra ici.

— Comment ça?

— Je m'en irai bientôt. Pour l'instant, c'est compliqué parce que Reto donne un coup de main au menuisier. Je sais pas si t'es au courant, mais le fils de Wolfgang Reus, Emil, a disparu du village il y a plusieurs mois.

— J'en ai entendu parler. Greta Hauser dit que c'est un sale type, qu'il a abandonné sa femme et sa petite fille.

— Quoi qu'il en soit, mon père est un ami proche de Wolfgang et il lui a prêté Reto pour l'aider à la menuiserie. Du coup, il n'y a plus que mon père et moi pour s'occuper du fromage, je ne peux pas le laisser seul. Mais dès que les choses reprennent leur cours, je mets les voiles. Personne ne veut me croire, mais je le ferai. Ils devront bien s'y résoudre quand je serai loin.»

Noah fixe à nouveau l'horizon, le ciel change de couleur le long de la crête des montagnes. « Et toi ? Comment ça se fait que tu sois en famille d'accueil ?

— Ma mère est morte il y a peu. Le beau-père ne m'a plus voulue et m'a confiée à l'État.

— Désolé, dit Noah. Moi aussi, j'ai perdu ma mère. Mais c'est pas pareil, c'était il y a longtemps. Ce que je sais d'elle, c'est mon père qui me l'a raconté. »

Un homme remonte le sentier menant à la ferme. C'est Reto, le frère aîné. Si je ne les avais pas vus à l'église à côté de leur père, jamais je n'aurais pu croire qu'ils étaient de la même souche. Leur différence tient essentiellement à leur chevelure : blonde et raide pour Noah, noire et bouclée pour Reto. D'autres détails révèlent leur parenté, la forme du nez ou l'arrondi des lèvres.

Reto nous fait un signe et continue tout droit sans s'arrêter.

« Qu'est-ce qu'il a ? » je demande.

Noah prend son temps pour me répondre.

« Dernièrement, il se comporte de manière bizarre. Plus ou moins depuis qu'Emil a quitté le village. » Il positionne un caillou dans sa fronde. « Mais ne m'en demande pas plus, il ne me confie jamais ce qui lui passe par la tête.

— Tu es son frère pourtant ?

— Va le lui expliquer. »

Noah vise le seau, mais un sifflement provenant de la ferme bloque son geste. Arthur se dirige vers nous à grands pas. Il m'attrape par la manche. « Allez, on y va. »

J'ai juste le temps d'adresser à Noah un sourire en guise d'au revoir. Il me salue avec la main.

Au pied de la colline, là où la route converge vers le village, Arthur me jette un regard sévère. « Je t'avais dit d'attendre dehors, pas de tenir salon.

— Je pensais que vous m'aviez emmenée pour que je fasse connaissance.

— Avec le maire, pas avec son fils. Le blondinet, mieux vaut l'éviter.

— Il m'a l'air gentil, pourtant.

— C'est ce qu'on disait de son frère Reto. Écoute-moi bien : Bastian Feld est un homme intègre. De Noah, je ne peux rien dire de mal. Mais si le premier fruit qui tombe de l'arbre est pourri, je réfléchis deux fois avant de mordre dans le second.

— Pourquoi ? Qu'a fait son grand frère ?

— Et toi, jeune fille, qui t'a donné la permission de poser toutes ces questions ? Crois-moi, certaines choses, mieux vaut les ignorer. On vit plus sereinement. »

De retour à la ferme, je me mets au travail. À l'heure du souper, je m'arrête un instant pour contempler le crépuscule rougeoyer à l'horizon. Un vent léger s'est levé. Je tends l'oreille et j'ai l'impression d'entendre l'écho d'un son métallique. J'imagine le seau accroché à la branche basculer, encore et encore.

4

Cette nuit-là, je dors mal. D'abord, ce sont des pensées noires qui me tiennent éveillée, puis une sensation physique, comme si mes muscles refusaient de rester tranquilles, comme si mes jambes cherchaient à courir et que mes bras voulaient soulever des poids. Plus tard, d'étranges bruits m'empêchent de trouver le sommeil ; un moment, j'ai même l'impression d'être revenue en ville, dans mon ancien immeuble, où j'entendais les chats errants se disputer dans la ruelle.

À l'aube, c'est moi qui découvre les poules.

Elles gisent éparpillées autour du poulailler, les chairs déchiquetées, le sang coagulé sur leurs plaies. Certaines ont la tête coupée, d'autres ont été mordues au sternum. L'une d'entre elles a tenté la fuite, mais elle n'a eu aucune chance, la pauvre.

« Monsieur ! Madame ! Venez ! »

Les Hauser accourent. Constatent le carnage en silence.

« Il nous manquait plus que ça », lâche Greta dépitée.

Arthur va et vient entre les carcasses, observe les blessures, secoue sa tête. « Ce n'est pas un renard. » Il s'accroupit près d'un petit tas d'excréments, l'examine avec attention. « Le loup », murmure-t-il.

« Le loup ?

— Depuis qu'on les a exterminées, ces bêtes ne sont plus un problème. Mais de temps à autre, une âme solitaire traverse la frontière. D'habitude, ils ne se risquent pas aussi loin. Ce loup doit être très malin... ou très chanceux. »

Arthur se met à dépecer les poules, sauvant ce qui peut l'être, avant de jeter les restes sur le chariot.

« Celle là-bas, on peut rien en faire. Les blessures sont déjà infectées. »

Je racle la pelle sous la carcasse, mes mains tremblent et la poule tombe au sol. Je fais un bond en arrière.

« T'as peur d'une poule morte ?

— Non, mais du loup, oui.

— Ceux qui dévorent les hommes n'existent que dans les fables. Mais j'aurais préféré me faire mordre la jambe plutôt que de perdre six volailles. » Il s'approche d'une poule se trouvant près du grillage. Elle remue encore la tête, mais son flanc est marqué par les dents de la bête, elle a perdu une patte. Arthur soulève la pelle et l'abat sur son tranchant. « Sept. »

À midi, on se retrouve autour de la table pour le repas.

« Il nous manquait plus que ça, répète Greta. Peut-être que tu t'en rends pas compte, mais les poules nous font vivre, je vends les œufs au marché. T'as déjà vu une poule morte qui pond des œufs, toi ?

— Pour les Schubert, ç'a été pire, dit Arthur. Trois brebis, dont deux qu'étaient pleines. Adieu brebis, agneaux et lait, sans compter trois charognes dont il faut se débarrasser.

— Comme si nous autres paysans n'avions pas assez de

problèmes, dit Greta les larmes aux yeux. Ces pauvres bêtes massacrées. Et on entend dire que c'est la loi de la nature. Facile de parler quand on ne sait pas ce que signifie perdre la moitié de son poulailler. »

Plus tard cet après-midi-là, Arthur fait un feu derrière la grange et jette les carcasses dans les flammes.

« Greta est en colère, dis-je tandis qu'une fumée noire s'élève du bûcher.

— Elle a toutes les raisons de l'être. C'est une sacrée tuile.

— Vous ne semblez pas autant fâché qu'elle.

— Ce loup prendra une balle entre les yeux ou il mourra saigné, la patte prise au piège d'une mâchoire. Quand ça arrivera, il ne comprendra pas pourquoi. Les poules, au moins, voient qui les dévore. Le loup, lui, meurt sans savoir ce qui le tue, et encore moins pour quelle raison.

— Mais il sait qu'il a tué les poules et les brebis.

— Pour lui, c'est comme respirer, dormir ou faire ses besoins. Comme monter une louve pour se reproduire. Seul l'homme peut se permettre le luxe de lutter contre ses instincts. Et avant le moment fatidique, il peut se repentir et obtenir le pardon de Dieu. L'animal, lui, n'a rien de tout ça. »

Arthur jette la dernière carcasse dans le feu. « En tout cas, le jour où cette sale bête mettra une patte dans mon piège, je fêterai ça en buvant un coup. Si je suis de bonne humeur, je l'achève à coups de pelle. Dans le cas contraire, je la laisse souffrir jusqu'à ce qu'elle crève. »

*

Une fin d'après-midi, alors que je lave les escaliers, Greta sort de la maison avec un panier en osier. Elle croise Arthur dans la cour.

« Y a quoi dans ce panier ?

— C'est pour Théodore.

— Le lait que tu lui donnes ne suffit pas ?

— Il n'a presque plus rien.

— Nous aussi on est pauvres. Et on est trois, maintenant. »

Greta pose le panier. Les mains sur les hanches, elle défie Arthur du regard. « Et les vêtements pour la fille, t'as déjà oublié ?

— Ils ne servaient plus à rien dans son armoire. Tandis que le lait, je le bois et le pain, je le mange.

— T'as pas de cœur.

— Fais comme tu veux. Et moi aussi, je ferai pareil quand j'aurai envie de faire quelque chose.

— Si par " pareil ", tu entends aider le mari d'une femme malchanceuse et qui t'a beaucoup soutenu, vas-y, te gêne pas.

— Malchanceuse ? Une folle, oui.

— Espèce de vipère.

— Va rejoindre ton charbonnier, allez.

— On ne parle pas ainsi des morts.

— Quand je serai crevé, les vivants pourront dire ce qu'ils veulent de moi. Comme ça, on sera quittes.

— Catherine était une bonne âme.
— J'ai jamais dit le contraire. »

Peu après, Arthur arrive dans la cuisine et défait le nœud du sac de patates. Il en râpe quelques-unes dans la cuvette avec un couteau. « Regarde comment on fait. » Ses gestes sont rapides et la cuvette se remplit comme par magie. Il s'interrompt soudain, écarte le col de ma chemise avec son index.

« C'est quoi, ça ?
— Qu'est-ce qu'il y a, Monsieur ?
— Ton cou est sale, va te laver. »

J'ai fait ma toilette il y a deux jours, et l'idée de me décrasser ne me déplaît pas. Sauf que j'ai encore du travail.

« Je dois terminer les escaliers, dis-je.
— Les escaliers sont en ordre. File, me fais pas répéter les choses. »

En hiver, le baquet pour se laver est devant la cheminée. Il prend de la place et dans une maison si petite, ce n'est pas l'idéal. Dès que la chaleur du feu n'est plus nécessaire, les Hauser le mettent dans la remise derrière la ferme.

Je trempe ma main dans l'eau, un frisson parcourt mon bras. J'enlève ma chemisette, ôte ma jupe. Je me penche pour dénouer mes cheveux. Au moment de baisser ma culotte, je remarque la présence d'Arthur.

Je cache ma poitrine, tends mon autre bras pour refermer la porte.

« Je t'ai dit quoi à propos des portes ? Laisse-la ouverte.

— Mais si je dois me laver…

— Et alors ? On vit sous le même toit. Me dis pas que t'as honte ?

— Non, Monsieur, mais…

— Si c'est pour ça, je te regarde même pas. » Il se tourne en direction des montagnes. « Allez, dépêche-toi. »

Je finis de me déshabiller et m'accroupis dans la bassine. Mon cœur s'accélère, je ne fais même pas attention au froid, je ne sais pas exactement ce que je ressens : « honte » n'est pas le bon mot, c'est plutôt une gêne, une sensation désagréable sur ma peau.

Arthur continue de fixer les montagnes, tout en me jetant parfois des coups d'œil. J'aurais presque envie de me lever et de me tourner vers lui, qu'il puisse regarder une fois pour toutes, et me ficher la paix.

Il se plie en deux et se met à tousser. Une toux qui ressemble à des coups de feu. Il regarde sa main qu'il a ôtée de sa bouche. Il referme son poing comme s'il cachait quelque chose avant de s'éloigner d'un pas rapide.

Le froid me saisit. Je me lave à la hâte, frottant là où la saleté est la plus tenace : cou, aisselles, talons, et entre les orteils.

Ce soir-là, pour le souper, il y a des röstis et deux tranches de saucisson. Les röstis sont chauds et salés, ils croquent sous la dent. Seuls les bruits de mastication accompagnent le repas. Arthur, qui d'habitude mange vite et se lève de table le premier, poinçonne le saucisson du bout de sa fourchette. Picore ses röstis comme un oiseau.

«Tu n'as pas faim ? demande sa femme.

— J'ai mal au ventre.» Avec le couteau, il pousse sa nourriture dans nos assiettes. Greta reçoit plus de röstis, mais la tranche de saucisson est pour moi. «Je vais faire un tour chez Aeberhard. Ils ont cette liqueur aux herbes qui soulage.

— Chez Aeberhard, répète Greta.

— C'est ce que j'ai dit.

— Pour boire un digestif.

— Peut-être même deux. Ça te pose un problème ?

— Tu sais très bien quel est le problème.

— Et alors ? Toi, tu fais comme tu veux, et moi aussi.»

Il endosse son manteau froissé et sort dans la nuit. Un courant d'air froid tourbillonne dans la pièce. Lorsque la porte se referme, Greta prend le morceau de saucisson dans mon assiette. Elle mâche en me défiant du regard.

Au-dessus de nos têtes, le grondement d'un orage fait trembler la lumière.

*

Le lendemain matin, les jurons d'Arthur résonnent dans la cour. Je le trouve en train de pester face à la charrette en bois.

« Qu'est-ce qui se passe ? je demande.

— La roue est cassée. Je l'ai déjà réparée quatre fois depuis l'hiver passé, mais là, elle a rendu l'âme. Qu'est-ce que je t'ai dit le jour où t'es arrivée ici ? Dans cette foutue montagne, chaque jour apporte son lot de problèmes.»

Il a de petits yeux. Cette nuit, je l'ai entendu rentrer tard ; pourtant, à l'aube, il était debout.

« Tu sais où se trouve le menuisier ? »

J'acquiesce.

« Va lui demander une nouvelle roue. Wolfgang connaît les dimensions. Dis-lui que c'est urgent. Et s'il fait des histoires, rappelle-lui qui l'a ramené chez lui hier soir quand il ne tenait plus debout. »

Arthur soulève la roue et la fait rouler jusqu'à la paroi de la grange, près du tas de bois. J'ai beau vouloir ne pas penser à la ville ni à la roue de la bicyclette, l'image du pneu crevé et des rayons tordus par la voiture qui l'a renversée s'impose à moi. Un étau dans ma gorge annonce les larmes. Chaque fois que ça m'arrive, je sens monter la rage.

Pas aujourd'hui. Pas maintenant. Tu as des choses à faire, tu as du travail, tu n'as pas le temps de te comporter comme une fillette. Si vraiment tu dois pleurer, tu le feras ce soir dans ton lit.

Mais les larmes finissent par l'emporter.

*

L'atelier du menuisier est une construction sombre et basse. Le bruit des dents métalliques mordant le bois vibre dans mes oreilles. Le soleil du matin illumine la poussière en suspension devant la porte d'entrée. L'odeur du bois est forte et donne envie d'éternuer.

Reto Feld éteint la scie mécanique, enlève ses gants et

écarte de son front une mèche de cheveux bouclés. Sa lèvre est gonflée, il a un hématome sous l'œil droit. « Salut. Qu'est-ce que tu veux ?

— Je viens de la part de monsieur Hauser. Il a besoin d'une roue pour sa charrette. Il dit que vous connaissez les dimensions.

— J'en parlerai à Wolfgang.

— Monsieur Hauser demande que ce soit fait rapidement.

— Dommage pour lui, je suis ici tout seul. Le grand chef ne s'est pas encore montré ce matin. Quand il arrivera, et s'il arrive, on verra ce qu'on peut faire. »

Je le remercie, puis demande : « Ton frère est à la ferme ?

— Oui. À moins qu'il soit en vadrouille ou en train de pêcher au lac, une marguerite à la bouche.

— Tu penses que je dérange si je passe lui dire bonjour ? »

Reto enfile ses gants. « La seule manière de le déranger, c'est de lui demander de travailler. Mais là, je ne crois pas que ce soit une bonne idée.

— Pourquoi pas ?

— Mon père est à la ferme. S'il te voit, il se peut que monsieur Hauser apprenne que t'as été là-bas sans raison. Je ne sais pas s'il aimerait ça.

— Rien qu'une minute, juste pour le saluer. »

Mais plus j'y pense, et plus je me dis qu'il a raison.

Je sors de l'atelier et décide de prendre mon temps pour rentrer. Le soleil colore les champs d'un vert presque doré, une brise légère chatouille mes joues. Je marche jusqu'à l'église et m'arrête près des balançoires.

Une fillette va et vient toujours plus haut. La mère la surveille depuis un banc. Je la salue, elle me répond par un sourire doux. Je m'assieds sur l'autre balançoire et pousse avec mes jambes. Je ferme les yeux et laisse mes pensées s'envoler. Le vide que je ressens au creux de l'estomac me ramène à l'enfance. Mais mon corps n'est plus celui d'une petite fille, il m'encombre ; je dois plier les genoux pour éviter que mes pieds frottent le sol, les cordes sont trop étroites pour contenir mes épaules.

Quand je rouvre les yeux, la femme est là qui me fixe. Elle met sa main devant la bouche, étouffant un sanglot.

La fillette saute de la balançoire. « Qu'est-ce qu'il y a, maman ?

— Rien, on y va, c'est bientôt l'heure du repas.

— Je voudrais jouer encore un peu », gémit-elle.

La mère se lève du banc. « Ne fais pas d'histoires. »

Je reste immobile sur la balançoire, la pointe des pieds sur le sol. Je regarde les deux silhouettes se diriger vers la partie basse du village. Les voix s'atténuent et se perdent dans l'atmosphère au fur et à mesure qu'elles s'éloignent.

*

« Quand même, dit Arthur. T'en as mis du temps.

— Monsieur Wolfgang n'était pas là.

— T'as pu trouver quelqu'un ?

— Le garçon, Reto. Il a dit qu'il verrait ce qu'il peut faire dès que le patron arriverait. »

Arthur enfonce la hache dans le billot. « Je l'aurais parié vu son état d'hier soir. Viens, allons manger. »

On me donne du pain ainsi qu'un bouillon foncé et savoureux. Depuis le massacre des poules, le bouillon est devenu une habitude. Greta fixe son bol, les yeux brillants.

C'est brûlant, j'ai beau boire lentement, un bruit de succion m'échappe malgré moi.

« Ta mère ne t'a pas appris à manger ? » dit Greta.

Arthur porte le bol à sa bouche, imite le bruit. « Le bouillon est chaud et on a faim.

— Moi aussi, j'ai faim, mais je sais me tenir. On n'est pas des sauvages. »

Le silence se fait. Chacun mange en regardant son bol.

« Il m'est arrivé une chose étrange en revenant de chez le menuisier, dis-je. J'ai rencontré une femme près de l'église. Aux balançoires. Une mère avec sa fillette. En me voyant, elle a eu une drôle de réaction. Elle semblait troublée.

— Quelle femme ? demande Greta.

— Jeune. Les cheveux blonds. Très belle.

— Avec une petite fille ?

— Oui, c'est ça. »

Les paysans échangent un regard. Arthur se remet à manger.

« Laisse tomber, dit Greta.

— C'est qui ? Pourquoi a-t-elle réagi comme ça ?

— Comment veux-tu que je le sache ? N'y pense plus. Mange. »

*

Le lendemain, c'est jour de marché. Greta me donne la liste des tâches qui sont plus nombreuses que d'habitude. « J'ai laissé des patates à bouillir et du chou à la cuisine. Tu t'occuperas du repas. » Elle pose la main sur mon épaule, ses doigts s'enfoncent dans ma peau. « Je compte sur toi pour bien te conduire. »

Comme chaque matin, je commence par nettoyer l'étable. J'ai presque fini quand Arthur apparaît sur le seuil. « Viens par ici », dit-il. Il ouvre le col de ma chemisette. « Tu es sale, va te laver.

— Je ne suis pas sale.

— Et moi je dis que ton cou est noir de crasse. File dans le baquet.

— Greta m'a donné beaucoup de travail ce matin.

— Greta, j'en fais mon affaire.

— Je ne veux pas être punie.

— Je crois que tu n'as pas compris. Ici, c'est moi qui commande, pas ma femme. Donc, si toi et moi on s'entend bien, c'est tout à ton avantage. »

J'enfonce la fourche dans la paille gorgée d'urine et de bouse. De toute façon, quoi que je fasse, j'aurai des problèmes, alors tant pis. Si on dit oui, qu'on accepte tout et qu'on laisse les hommes faire ce qu'ils veulent, on prend un mauvais pli. J'ai appris ça du sale type qui fréquentait ma mère, celui d'avant le beau-père.

« Tu ne dis rien ? demande Arthur.
— Je dois finir de nettoyer l'étable, Monsieur.
— Comme tu veux. Mais tu comprendras vite, tu verras. »

*

Greta est de retour peu avant l'heure du déjeuner, alors que je balaie la cour.

« Tu devrais être à la cuisine.
— Les pommes de terre sont sur le feu, Madame.
— T'as fini le reste ?
— Je dois encore m'occuper des escaliers et de la cave. »

Elle se mord la lèvre. Il est évident qu'elle voudrait me remettre au pas, mais je crois qu'au fond d'elle-même, elle sait qu'il était impossible de tout faire en si peu de temps.

Arthur débouche à l'angle de la ferme. « Pourquoi tu ne dis pas la vérité ? Je l'ai surprise qui piquait un somme dans l'étable. »

Greta me fixe. « Tu as fait quoi ?
— C'est faux, je...
— Tu insinues que je mens ? gronde Arthur.
— Espèce de fainéante. Je vais te faire voir, moi. »

Elle s'avance, main ouverte, prête à me gifler.

Arthur saisit son poignet. « C'est pas nécessaire.
— Et comment ! J'aurais dû le faire dès le début.
— Pas de coups, j'ai dit.
— Tu la laisses s'en tirer à bon compte ?
— Trouve une autre punition. »

Greta se masse le poignet, les lèvres frémissantes.

« Elle ne mangera pas ce soir et dormira dans l'étable, vu que ça lui plaît tant.

— Très bien.

— Mais la prochaine fois, elle tâtera du bâton. »

*

Je déplie les couvertures sur la paille. J'ai l'impression de revenir au soir de mon arrivée, mais l'air est moins froid et mon corps s'est fortifié. Je me suis habituée aux mauvaises odeurs et n'y fais plus attention. Je suis ici depuis un mois, maintenant. Sûrement que la bicyclette a été vendue. Je me demande comment va le chat Dumas ; j'espère qu'il a trouvé quelqu'un pour lui donner à manger. Je songe à Thomas, me l'imagine nu et maigre debout dans une cuvette d'eau froide. Ses hématomes sur les bras, l'œil au beurre noir à cause de la beigne que lui a refilée son père quand il nous a découverts sur le palier. Un mois a-t-il suffi pour effacer les blessures ?

La fatigue me berce. Ma dernière pensée est pour le beau-père, prisonnier de ses horaires sans fin à la centrale électrique. Cet homme paisible et fatigué qui nous avait recueillies avec ma mère. Dès qu'il le pouvait, il s'exerçait au langage des signes devant un miroir ou une vitre, ces signes qui étaient pour nous des paroles. Je le revois à son retour du travail, le pas lourd de celui qui sait que plus personne ne l'attend. Et je prie pour que la vie, dorénavant, ne lui réserve que de belles choses.

Sur le point de sombrer dans un rêve, le grincement de la porte de l'étable me ramène à la réalité. J'ouvre les yeux et devine Arthur approcher dans la pénombre. La braise de sa cigarette dessine une guirlande de lumière. Je me redresse aussitôt. « Monsieur Hauser ? Qu'est-ce que... ?

— Ne fais pas de bruit, me répond-il l'index devant la bouche. Les bêtes dorment.

— Moi aussi je dormais.

— Les vêtements », dit-il. Sa voix est si basse qu'elle ne lui ressemble pas.

Je comprends que j'ai fait une grave erreur, ce matin ; j'aurais dû lui obéir et le laisser me regarder faire ma toilette. Maintenant ça sera pire. Je m'enroule dans les couvertures.

« C'est à cause des vêtements », continue-t-il. Il recrache la fumée et l'odeur de tabac flotte jusqu'à mes narines. « La question que t'as posée tout à l'heure à table... La femme que t'as vue en revenant de chez le charpentier s'appelle Anne Reus, mais avant de se marier, elle s'appelait Anne Studer. Et si elle a réagi de cette manière, c'est parce que tu portais les habits de sa mère. »

Je revois le regard de cette femme, à la fois surpris et douloureux. « C'est la fille du charbonnier ?

— Oui. Sa mère, Catherine, est morte il y a quelques années, à l'époque où leurs rapports étaient très mauvais. Anne était tombée enceinte hors mariage d'un bon à rien, et Catherine ne lui a pas pardonné. Aujourd'hui, Anne traverse de nouveau une mauvaise passe. Il y a trois mois, son mari, le bon à rien en question, a disparu, l'abandonnant avec la petite. De voir ces vêtements sur toi l'aura troublée. »

Je n'écoute que d'une oreille, toute mon attention est accaparée par la présence d'Arthur. Pourquoi me raconte-t-il tout ça ? Que voudra-t-il en échange ? Que va-t-il se passer dès qu'il cessera de parler ?

« Qu'est-ce qu'il y a, je t'ennuie ? Je pensais que tu voulais savoir.

— Non, Monsieur. C'est seulement que... vous me répétez toujours de m'occuper de mes affaires.

— Ça reste un excellent conseil. Mais il est normal que tu saches d'où viennent les vêtements que tu portes. Ne dis rien à Greta, d'accord ? Elle ne veut pas qu'on en parle.

— J'ai remarqué. Pourquoi ?

— Elle était très amie avec la femme du charbonnier. Anne est née alors que Catherine avait abandonné tout espoir d'avoir un enfant. Pour elle, Anne n'était pas un bébé comme les autres, mais un miracle, un don de Dieu, et elle l'a élevée dans cette idée. Ensuite, l'enfant du miracle est devenue une femme. Sur ce qui s'est passé plus tard, chacun a son opinion, et la mienne diffère de celle de Greta. C'est un sujet délicat, donc vaut mieux que tu la fermes là-dessus.

— Oui, Monsieur. »

La lueur de la cigarette tombe au sol, disparaît sous le talon de la botte.

Je retiens mon souffle, ferme les yeux. Mais les pas, au lieu de s'approcher, résonnent dans la direction opposée. La porte de l'étable se referme, me laissant seule dans l'obscurité.

5

Arrivent les premières chaleurs du printemps. Le soleil brille ; les nuages qui pourraient le menacer demeurent au loin, tenus à l'écart au-dessus de l'horizon. C'est le même soleil que ces derniers jours, mais sur le coup de midi, j'ai l'impression de cuire. Je me suis occupée des lapins, j'ai fait la lessive. La tête me tourne à cause de la chaleur. « Pouvoir rester toute la journée au frais, a dit Greta, est un luxe réservé aux morts. »

J'entre dans la maison pour boire un verre d'eau. Quand j'en ressors, il y a une charrette au milieu de la cour. Un casque de cheveux blonds apparaît.

Je sens un picotement dans la poitrine, pose une main sur ma bouche pour masquer mon sourire.

Noah Feld décharge une roue en bois. Il essuie son front avec sa manche. « De la part de Reto. Il l'a terminée ce matin. Il m'a dit aussi que tu voulais venir me voir, mais qu'il te l'a déconseillé.

— Pourtant il t'a demandé d'apporter la roue...

— Comme ça, j'ai une bonne excuse pour être ici.

— Moins fort, les Hauser vont nous entendre. »

On se déplace du côté de la ferme qui n'est pas visible depuis la cour, là où le toit offre une mince zone d'ombre.

« Ça me fait plaisir de te voir, dis-je.

— Moi aussi. Tu ne viens jamais au village. À part pour l'office où les Hauser te surveillent comme deux chiens de garde.

— Je travaille du matin au soir. Et après souper, je tombe de sommeil.

— Je connais ça.

— C'est vrai ? Ton frère m'a laissé entendre que tu tires au flanc.

— Tu parles ! À l'entendre, c'est lui qui fait tout. J'aide mon père à la ferme et pour le fromage. On travaille dur, mais quand on a fini, on a fini.

— Pas comme ici où il y a toujours à faire.

— Mais depuis que Reto dépanne le menuisier, c'est une autre histoire. Avant, on était trois, plus le commis qui nous aidait avec les bêtes. Maintenant, c'est plus rude.

— Ton père ne se fâche pas si tu quittes la ferme trop longtemps ?

— Tu veux que je m'en aille ?

— Au contraire. Je n'ai personne à qui parler. Et puis, je te rappelle que si je n'avais pas demandé de tes nouvelles à Reto, tu ne serais pas venu.

— J'y ai pensé, promis. Mais c'est compliqué.

— T'as quand même fini par trouver un moyen.

— C'est compliqué pour une autre raison.

— Laquelle ?

— Rien. Un problème que je dois résoudre tout seul. De toute façon, on doit trouver une meilleure solution pour se voir. Si j'étais tombé sur les Hauser, j'aurais à peine pu te saluer.

— Le problème, c'est que je suis toujours occupée. Et eux, toujours dans les parages. »

Noah réfléchit. « Les Hauser sont comme tout le monde. Le jour, ils travaillent, mais la nuit...

— Qu'est-ce que vous manigancez par ici ? » nous interrompt Greta en frappant le manche de la fourche contre la cloison. « Allez, ouste, jeune homme !

— Je vous ai apporté la nouvelle roue.

— Je vois. Et je vois aussi que t'en profites pour taper la causette comme un fainéant. »

Noah enfile ses mains dans les poches et s'en va récupérer son chariot.

« Arthur t'a déjà dit d'éviter ce garçon, fait Greta. De quoi vous parliez ?

— De rien. Du travail à la ferme, de la chaleur.

— Tu me racontes à nouveau des bobards ?

— Non, Madame. On a discuté deux minutes, c'est tout.

— La prochaine fois, ignore-le. Il y a fort à parier que ce garçon suivra les traces de son frère et de sa bande. »

Lorsqu'elle évoque Reto, je revois le visage du garçon dans la pénombre de l'atelier, sa pommette gonflée et sa lèvre fendue.

Greta saisit mon menton. « Tu veux être la prochaine à avoir des ennuis, c'est ça ? »

*

Ce soir-là, je suis si fatiguée que j'arrive à peine à monter les escaliers. De pouvoir m'allonger sur mon lit, les muscles au repos, est un soulagement. Sur le point de m'endormir, j'entends les paysans se mettre à discuter. J'entrouvre la porte.

« Je te répète qu'elle finira par causer des problèmes, dit Greta. Et si tu y ajoutes les mauvaises fréquentations...

— Inutile de s'inquiéter pour deux mots échangés dans la cour.

— Je la tiens à l'œil. Crois-moi, la fête est finie. Tant qu'elle sera ici, elle devra filer droit.

— On est d'accord là-dessus.

— Pas seulement elle, d'ailleurs. J'ai à l'œil tout ce qui se passe dans cette maison.

— Ne recommence pas.

— Recommencer quoi ? »

Pendant un moment, on n'entend plus rien, puis la porte d'entrée grince.

« Où tu vas ?

— À l'auberge.

— Encore ?

— Oui, encore.

— Tu avais promis.

— Laisse-moi vivre, bordel. »

Peu après, j'entends Greta monter les marches, la porte de la chambre à coucher s'ouvrir et se refermer, le bruit sourd de son corps tombant sur le matelas, suivi de pleurs étouffés.

Ça traverse mes oreilles, ça se faufile jusque dans mon ventre. Me contamine. Je repense à la dernière discussion entre ma mère et le beau-père, alors qu'il essayait de lui expliquer que ce n'était pas la fin du monde si j'avais sympathisé avec le fils des voisins. Ma mère était hors d'elle. Je l'avais vue tant de fois dans cet état, une tornade de gestes et de regards qui pouvaient blesser plus que les mots. Elle lui a répondu de ne pas s'en mêler. Les yeux rougis, la peau du front plissée, ses doigts et ses mains bougeaient dans tous les sens : *C'est comme ça que commencent les problèmes. J'ai commis la même erreur, et il ne se passe pas un seul jour sans que je le regrette.*

Je savais qu'elle ne le pensait pas vraiment. Dans les tiroirs de ma mémoire, j'avais rangé plein d'instants de bonheur. Sa chaude étreinte dans le lit de grand-maman, ses lèvres sur ma joue pour me souhaiter bonne nuit, les pique-niques du dimanche au bord du fleuve, les regards complices quand nous nettoyions les maisons des riches propriétaires, notre langage silencieux fait de signes et de mouvements de la bouche, de nos mains, de notre visage.

Maman travaillait comme bonne et elle a toujours fait de son mieux.

Pourtant, la colère pouvait la mettre hors d'elle. Elle disait alors des choses qu'elle ne pensait pas. Et moi, j'avais hérité de cette part de son caractère. En général, je laissais passer ses fureurs comme un orage, mais parfois je n'y parvenais pas. Comme ce fameux soir. Je lui avais répondu que je pouvais bien avoir un ami, mais que jamais je ne permettrais à quelqu'un de profiter de moi. Et que si un jour, je tombais enceinte, j'oserais au moins prononcer le nom du père.

La haine a gonflé ses joues. Ses gestes confus sont devenus nets et précis.

Je voudrais. Que. Tu. Ne. Sois. Jamais. Née.

*

Quelques jours plus tard, je me rends dans la forêt pour chercher du petit bois. Dès que j'en ai une bonne brassée, je noue avec de la ficelle les extrémités du fagot que je pose au pied d'un arbre, et je recommence. C'est un travail qui me plaît. La forêt sent l'écorce et il fait frais sous les feuillages. En peu de temps, je rassemble suffisamment de bois. Je décide de grimper là où la forêt est plus dense.

La trace d'un ancien sentier me guide au milieu des arbres. Je suis le ruissellement de l'eau jusqu'à ce que je débouche dans une clairière entourée de parois rocheuses. Une cascade capte la lumière du soleil, elle se déverse dans une conque d'eau limpide. Je m'agenouille et bois à satiété.

Je tourne sur moi-même, ma jupe se déploie comme un parapluie. Je respire les parfums du printemps, et mon cœur, pendant un bref instant, se gonfle d'allégresse.

C'est alors que j'aperçois les pierres en marge de la clairière. Elles sont disposées en cercle, contenant des cailloux plus petits au milieu. Une odeur d'œuf pourri me fait me boucher le nez. Elle vient du flanc de la cascade, où se trouve un buisson duquel dépasse une branche. Je m'approche. En réalité, c'est une corne d'animal. Je la saisis et tire dessus.

La tête d'une chèvre glisse au-dehors des arbustes. Elle me fixe avec des yeux aussi noirs que du goudron. Les yeux se mettent à vibrer, et un essaim de mouches s'échappe des orbites vides. D'autres mouches s'agglutinent au-dessus du cou sectionné. Un vers s'échappe de la gueule de l'animal.

Je pousse un cri, mes jambes se mettent à courir toutes seules. Je m'arrête seulement lorsque j'arrive à la ferme.

Arthur surgit de l'étable. « Que se passe-t-il ?

— Là-haut », je balbutie. Je dois reprendre mon souffle avant de pouvoir lui dire ce que j'ai vu.

« Près de la cascade ? Qu'est-ce que t'es allée faire là-haut ? »

Sans attendre de réponse, il s'engouffre dans la maison et réapparaît avec un vieux fusil en bandoulière. « Ne bouge pas d'ici. »

Je m'assieds sur le tas de bois et j'attends, l'oreille aux aguets, sûre d'entendre d'un moment à l'autre l'écho d'une détonation qui pourtant n'arrive pas. Peu après, Arthur émerge du bois. Le pas alerte, mais sans précipitation.

« Vous avez trouvé la tête ? je demande.

— Elle doit être là depuis une bonne semaine.

— C'est le loup, n'est-ce pas ? »

Il fait une grimace. « Oui, mais pas celui qui a tué les poules. Un autre genre de prédateur. Ils t'ont appris à écrire à l'école ? »

Je fais oui de la tête.

« Viens avec moi. Je me débrouille, mais pas tant que ça. »

Une fois dans la maison, Arthur prend du papier et un stylo. Il veut que je décrive la découverte en quelques mots.

Je lui demande si je dois ajouter son nom, mais il secoue la tête.

« C'est pour qui ? » je demande.

Il plie la feuille en deux, la range dans sa poche et se dirige vers la porte. « Merci pour ton aide », dit-il.

*

L'après-midi suivant, je trouve Konstantin Schubert qui se cache, accroupi, au fond de l'étable.

« Hé ! Qu'est-ce que tu fais là ? »

Il se redresse. Son épaisse touffe de cheveux roux le fait paraître plus grand qu'il n'est. « Ce soir, on organise un feu de joie dans la forêt. Une de mes amies, Frida, apportera une bouteille. Tu veux venir ? »

Je ne dis rien, ne sais pas quoi lui répondre.

« Ce sera chouette, insiste-t-il. On se fera peur avec des histoires de fantômes.

— J'aurai bien de quoi avoir peur si les Hauser découvrent ma fuite.

— Ils n'en sauront rien.

— Est-ce que Noah viendra ? »

Konstantin fronce les sourcils. « Tu connais Noah Feld ?

— Je l'ai rencontré quand monsieur Hauser m'a présentée à son père.

— Oui, il sera là, lui aussi. Et Frida, et son frère jumeau.

— D'accord. Je vais tâcher de trouver un moyen.

— Chouette. Je suis content…

— Viens me chercher ici. Si tu ne me vois pas, c'est que j'ai pas pu sortir. Pars, maintenant. Si monsieur Hauser nous surprend, ça finira mal. » Je jette un coup d'œil à l'extérieur, d'un côté et de l'autre de la porte, et lui dis qu'il peut y aller.

En sortant, Konstantin glisse un trèfle à quatre feuilles dans ma main. « Pour ce soir, un porte-bonheur. » Et il s'en va furtivement.

Je m'appuie à la cloison. J'imagine le feu de joie dans la forêt. Pouvoir parler à Noah sans avoir à chuchoter, sans devoir regarder autour de moi, sans crainte d'être surprise par les Hauser. Je mordille ma langue, une idée germe dans mon esprit.

Ça va me coûter cher, mais ça en vaut la peine.

J'arrange un lit de paille au fond de l'étable. Je sors et j'abandonne le balai bien en vue dans la cour.

Il ne se passe pas dix minutes avant que la voix de Greta se mette à tonner. « Jeune fille ! Où t'es-tu fourrée ? »

Elle me trouve dans l'étable, somnolant sur la paille.

« Espèce de fainéante ! crie-t-elle en me giflant la nuque. Je vais t'apprendre à te la couler douce ! »

Elle me conduit dans la maison, empoigne un bâton. Je sens le feu d'un coup dans mon mollet gauche. « Tu crois que la nourriture tombe du ciel ? » Elle me fait m'agenouiller sur la bordure du seuil de la porte. « Si tu bouges d'un millimètre, je te fais encore tâter du bâton. »

Au début, ce n'est rien qu'une gêne, un soufflet comparé aux coups. Mais peu à peu, ça devient une torture. L'arête du seuil s'enfonce dans les rotules, la douleur se propage par secousses électriques dans tout mon corps.

Une telle douleur ne peut s'atténuer que si on l'accepte. Et on ne peut l'accepter que si on pense la mériter. Je laisse alors mes pensées vagabonder au-delà de la ferme, jusqu'à cette route poussiéreuse où une voiture est immobilisée devant un vélo couché par terre sur la chaussée. Les élancements diminuent, deviennent presque doux, parce qu'ils touchent au bon endroit. Je cesse de sangloter. Je garde les paupières fermées, mon esprit se focalise sur la cause de cet accident. Ma vraie et grande faute. Une faute que je dois payer par le travail harassant, la faim perpétuelle, les regards d'Arthur sur mon corps nu, les coups de Greta, la solitude. Petit à petit. Miette après miette. Les punitions des paysans ne sont que ça : des miettes.

« Je t'apprendrai à apprécier ce que tu as, dit Greta. Les instituts sont pleins de jeunes qui rêvent d'être à ta place. Tu veux échanger avec l'un d'eux ?

— Non, Madame.

— Ce soir, pas de souper. Qui ne travaille pas ne mange pas, c'est ainsi depuis la nuit des temps. Tu te prends pour qui à vouloir changer les règles ? »

6

Le soir, à l'heure du repas, je suis assise devant la ferme. Je contemple la vallée au crépuscule. Je songe au beau-père qui trouve la maison vide au retour du travail. Peut-être qu'il n'y habite même plus et l'a laissée à une autre famille, y abandonnant les mauvais souvenirs.

Je pense à la bicyclette posée contre le mur. Pour combien aura-t-elle été vendue ? Son nouveau propriétaire sait-il ce qu'il s'est passé avec ce vélo ? Que sa roue pliée est la raison pour laquelle une fille de treize ans, grandie trop vite, se retrouve maintenant dans une ferme perdue dans les montagnes ? Que ses jambes sont pleines de bleus, seulement parce qu'elle souhaite s'asseoir autour d'un feu et écouter des histoires d'épouvante ?

« Viens manger », dit Greta dans mon dos.

Je la regarde, indécise. « Mais je croyais...

— Bouge-toi avant que je change d'avis. »

Une grosse portion de röstis m'attend sur la table. Arthur avale son repas, mastiquant la bouche ouverte. J'hésite, mais la faim l'emporte.

« Après la vaisselle, tu files dormir en haut, dit Greta.

— Dans ma chambre ?

— Et où ça, sinon ? » intervient Arthur.

Je baisse le regard. Je fais tourner mes pouces sous la table, les doigts entrelacés. « Vous êtes gentils de me laisser manger.

— T'as déjà eu ta punition », m'explique Arthur.

Mes pouces tournent plus rapidement. « Mais, je...

— Tu quoi ?

— J'ai vraiment été paresseuse aujourd'hui. Je me suis mal comportée, je m'en rends compte.

— Avec les coups que t'as pris, je pense bien, dit Greta. À ton âge, moi aussi je comprenais mieux quand on m'expliquait de cette manière.

— Je veux vous prouver que j'ai compris la leçon. Je dormirai dans l'étable.

— Ne sois pas stupide, réplique Arthur.

— Je le mérite. »

Il se penche en avant et me dévisage avec une telle intensité qu'il me donne l'impression de fouiller dans mon âme. « D'accord », dit-il. Puis il sort de la maison.

Je débarrasse et lave les assiettes. Je me rends compte de la présence de Greta seulement quand je sens sa respiration dans mon cou.

« Il t'a prise en sympathie. Mais ne te fais pas d'illusions. Si tu continues à te comporter ainsi, peut-être qu'il réussira à me convaincre de te nourrir, mais tu n'échapperas pas au coups.

— Je sais, Madame.

— J'étais sûre que ça finirait comme ça. Je ne voulais pas de toi, mais Arthur a insisté : *On doit profiter de cette occasion, les sous de l'État ne seront pas de trop, et la main-d'œuvre non plus. Prenons quelqu'un de suffisamment grand, mais pas un garçon, ils n'apportent que des ennuis, ils se révoltent. Tu as vu comment ça s'est terminé avec celui des Eberle ? Ils sont têtus et n'obéissent pas, encore moins à une femme...* Et maintenant, te voilà.

— Moi non plus je n'ai pas demandé à venir ici.

— Tu n'as rien demandé, mais il t'a été donné. Tu n'avais rien. Maintenant, tu as une maison et le ventre plein.

— Mais je travaille. Aujourd'hui, j'ai mal agi, mais je travaille dur. »

Greta sourit, un rictus amer qui disparaît aussitôt. « Tu ne vois toujours pas où est le problème ? Fais marcher ta cervelle, jeune fille. Tu verras que ce n'est pas si difficile à comprendre. »

*

Allongée sur la paille, à moitié endormie, les idées se bousculent dans ma tête, les paroles de Greta vont et viennent comme des vagues. Un bruit me sort de ma torpeur : des pas pesants résonnent dans la cour. Arthur est de retour du village. Je l'imagine grimper les marches de l'escalier, se diriger vers la chambre à coucher, puis s'arrêter au seuil de la mienne. *Tu ne vois toujours pas où est le problème ?* Je crains qu'il ne redescende sur la pointe des pieds, traverse la cour et pousse la porte de l'étable. Je m'attends à être aveuglée par sa lampe torche, mais rien de tout cela n'arrive. Il n'y a que l'obscurité et le silence.

Jusqu'à ce que j'entende un caillou rebondir sur la paroi, côté forêt. Puis un autre encore.

Je pousse la porte et me risque au-dehors. La lune éclaire le champ comme un tapis d'argent. Les lumières de la ferme sont éteintes.

« Konstantin ? » je murmure.

Une silhouette émerge de l'ombre, d'abord la blancheur d'un sourire étincelant, puis des cheveux blonds et le reste du visage. Il tient une fronde dans ses mains.

« C'est toi ? Je croyais que c'était Konstantin.

— Déçue ?

— Mais non, idiot. C'est que je lui avais dit de venir me chercher.

— Mieux vaut nous cacher pour l'attendre, on ne sait jamais. »

Noah m'entraîne vers les bois. « Qu'est-ce qui t'est arrivé ? me demande-t-il. Pourquoi tu boites ?

— Je me suis blessée en travaillant.

— Tu faisais quoi ?

— C'est rien, ça va déjà beaucoup mieux. »

Noah s'arrête. « Tu es sûre de vouloir venir ?

— Bien sûr, pourquoi ?

— Et si les Hauser se réveillent et ne te trouvent pas ?

— Ça m'étonnerait. Je suis censée dormir dans l'étable.

— Dans l'étable ?

— Je me suis fait punir exprès. C'est plus facile que de sortir en cachette de la maison. »

Il se mord la lèvre. « Méfie-toi, quand on se croit trop malin on se fait avoir. »

On reste là, écoutant les bruits de la forêt. L'air frais de la nuit invite à rester dehors. Je regarde Noah, et je ne peux m'empêcher de penser qu'un jour, peut-être pas si lointain, il quittera le village. Une drôle de mélancolie assombrit mon humeur.

Konstantin surgit des buissons. Les bras ballants, le regard pointé sur Noah. « Qu'est-ce que tu fous ici ? » lâche-t-il les dents serrées.

Ils parlementent, mais je n'entends pas ce qu'ils disent. Konstantin pousse Noah. « Espèce de salaud. » Noah l'emmène plus loin. Il revient peu après, seul.

« Qu'est-ce qui se passe ? je demande.

— Je lui ai dit de partir.

— Partir ?

— Si les Hauser croient que tu dors dans l'étable, il faut que tu y sois. »

Un éclair de rage m'aveugle, si puissant que j'en ai la chair de poule. « T'as pas à décider pour moi !

— Tu ne me dis pas la vérité et je veux pas que t'aies d'autres ennuis.

— Alors, je me suis fait punir pour rien, c'est ça ?

— Je reste avec toi, si tu veux. On peut discuter dans l'étable. Au moindre signal des Hauser, je disparais. Je sais me déplacer dans le noir comme une ombre. »

N'était-ce pas ce que je souhaitais ? Passer du temps avec Noah ? Si je me suis mis à dos les paysans, c'était pour le voir, lui, ce soir. Mais je suis trop fâchée pour l'admettre. « Les Hauser me répètent que je dois me méfier de toi.

— Ah oui ? Et pour quelle raison ?
— Ils disent que toi et ton frère, vous êtes des voyous.
— Ce sont des conneries.
— Et qu'est-ce qui me le prouve ?
— Plus jeune, Reto a eu quelques problèmes, mais c'est du passé. Tu es libre de ne pas me croire. Je peux m'en aller, si tu préfères. »

On se regarde dans les yeux, et je sens que je n'ai plus envie de jouer à ce jeu. Il le comprend, lui aussi, et sourit. Je prends sa main. « Allons dans l'étable. »

Je dispose la paille de façon à ce qu'il y ait de la place pour tous les deux. On s'assied, dos contre la paroi.

« C'est quoi, ça ? demande Noah indiquant le trèfle à quatre feuilles fixé à la boutonnière de ma chemise.
— Konstantin me l'a donné. Un porte-bonheur pour l'évasion de ce soir.
— Ça n'a pas vraiment marché.
— Disons à moitié. »

Il lève les yeux au plafond. « Excuse-moi d'insister, mais sois sincère, d'accord ? Tu as des problèmes avec les Hauser ?
— Je t'ai dit que tout va bien. Et ça irait tout aussi bien si c'était pire.
— T'as le droit de te plaindre, tu sais ?
— Tu te trompes. Ce que j'ai ici, c'est déjà beaucoup.
— Je ne te comprends pas. Si les Hauser...
— Il n'y a rien à comprendre. Parlons d'autre chose.

— Au moins, promets-moi que si t'as besoin d'aide, tu viendras me voir.

— Si ça se trouve, tu seras déjà loin. Tu n'as pas dit que tu voulais partir ? »

Il ouvre la bouche pour répondre, ne dit rien.

On reste en silence. Le souffle du vent, la respiration lourde des animaux endormis. Le bourdonnement d'une mouche. Noah se tient légèrement à distance. Pour un voyou, il me semble plutôt timide.

« Comment ça se fait que tu détestes autant ce village ? je demande.

— Je ne le déteste pas, je ne veux pas y passer ma vie, c'est tout. Tu vois bien qu'on est hors du monde, non ? En cas d'urgence, tu sais combien il faut de temps à un médecin pour arriver jusqu'ici ? Trop. C'est seulement un exemple parmi des dizaines. Les gens disent que ça fait partie de la vie à la montagne. Très bien. Moi, de la vie à la montagne, je n'en veux plus.

— Tu feras comme le fils du menuisier ? Tu disparaîtras du jour au lendemain ?

— Je n'en sais rien. Ça dépend. » Il fait une pause. « Mais pour ce qui est d'Emil, je ne suis pas sûr qu'il ait eu le choix.

— Qu'est-ce que tu veux dire ?

— Que sais-tu d'Emil Reus ?

— Pas grand-chose. Qu'il est parti, abandonnant femme et enfant. Qu'il travaillait avec son père. Que son épouse, Anne, est la fille de Théodore, le charbonnier.

— Et sur la raison de son départ ?

— Comme toi, je suppose. Il voulait une autre vie.

— C'est ce que tout le monde croit.

— Tout le monde, mais pas toi ?

— Moi, je... » Il soupire et me regarde dans les yeux. « Jure-moi que tu ne diras rien à personne.

— À qui veux-tu que je le dise ?

— Jure-le, Ida. Sinon, on laisse tomber.

— Je le jure.

— Bon. Les gens qui disparaissent du jour au lendemain, en général, soit ils l'ont décidé, soit ils ont eu un accident. Il suffit d'un rien pour mettre son pied là où il ne faut pas et tomber d'une falaise.

— Mais on l'aurait retrouvé, non ?

— Pas forcément. Il y a de ces endroits par ici... Des lacs profonds, des gouffres sombres, des grottes où les animaux te traînent pour faire de toi un monticule d'ossements. Sans compter que personne ne l'a cherché. Il n'est pas parti les mains vides : il a emporté une valise.

— Dans ce cas, ça n'a pas de sens d'imaginer un accident.

— À moins que l'accident, on l'ait provoqué...

— Tu penses à un suicide ?

— Ça serait pas le premier.

— Et la valise ?

— Une fausse piste. Ceux qui se tuent ne souhaitent pas tous que ça se sache.

— C'est ton hypothèse ?

— Non, il reste une troisième possibilité : qu'il ait eu un accident, qui *n'était pas vraiment* un accident.

— Tu veux dire que quelqu'un l'aurait... » Je pose ma main sur la bouche.

Noah acquiesce.

« Tu es le seul à penser ça ?

— Peut-être pas, en tout cas personne n'ose le dire.

— Et qui ça pourrait être ?

— Emil était tout sauf un saint. Les candidats ne manquent pas.

— Quelqu'un du village ? »

Noah ne répond pas, mais il hoche légèrement la tête.

« T'as une idée, n'est-ce pas ? »

Son regard change. J'y lis comme une lueur de crainte.

« Non. Aucune idée.

— Vraiment ?

— Je me trompe probablement, et si ça se trouve, Emil se la coule douce en ville, buvant à la santé d'Anne, de la petite et de tous les pauvres bougres qui triment pour nourrir leur famille.

— Et si tu avais raison ?

— Ça ne changerait rien. Emil n'est plus au village et la vie continue. Je ne veux pas créer de problèmes, Ida. Dans ma tête, cet endroit appartient déjà au passé. Plus vite je l'oublierai, mieux ce sera. » Il se lève et ôte la paille de son pantalon. « Je dois rentrer, maintenant. Oublie ce que j'ai dit. Parfois, je parle trop.

— Quand est-ce qu'on se revoit ?

— Un de ces soirs, si tu veux. Tu as déjà été au lac la nuit ?

— Je ne l'ai même pas vu de jour.

— Ma famille a un cabanon là-haut. Et une barque. Sortir sur l'eau pour regarder les étoiles un soir de pleine lune est la plus belle chose qu'on puisse faire par ici. Qu'en dis-tu ? Je me sens coupable de ne pas t'avoir emmenée ce soir. Je voudrais me racheter.

— Ça me plairait beaucoup. Sauf que je ne peux pas me faire de nouveau punir pour rester dans l'étable.

— Où est-ce que tu dors d'habitude ?

— Dans une petite chambre au premier. Mais je dois passer devant la porte des Hauser. Et s'ils m'entendent...

— Montre-moi où c'est. »

Nous sortons de l'étable et je lui indique la fenêtre du débarras.

Un sourire éclaire son visage. « Parfait. Fais-moi confiance. Bon, j'y vais, bonne nuit. »

Je le retiens par la manche. Il me regarde sans comprendre et, en vérité, je n'y comprends rien moi-même. Je m'approche et l'embrasse sur la joue.

7

Le brouillard se mêle aux nuages gris bouchant la vallée comme un couvercle. Wolfgang, le menuisier, est venu à la ferme ce matin. Les yeux cernés, le pas incertain. Il s'est assis à table avec Arthur et lui a expliqué qu'il y a des toits à réparer dans le village voisin – un hameau perché sur le versant ouest de la montagne où les chutes de neige ont causé de sérieux dégâts – mais qu'il est trop occupé à l'atelier. Arthur ne s'est pas fait prier. Il a préparé son sac et s'est mis en route.

Sans lui, le travail à la ferme redouble. Greta et moi, on s'affaire, on se croise entre une tâche et l'autre. Au cours de l'après-midi, elle s'enferme dans la cave pour tisser.

Elle me rejoint dans le poulailler et me remet un pantalon qu'elle vient de rapiécer. « Apporte-le au charbonnier. » Le ton de sa voix, sans aller jusqu'à être courtois, est moins rude que d'habitude. « On soupera toutes les deux à ton retour, Arthur ne reviendra que demain. »

Dans la forêt, le silence de cette fin de journée absorbe le bruit de mes pas. J'ai l'impression que la route qui mène à la charbonnière est faite de brouillard ; il est toujours là quand je livre le lait, les lundis matin. Aujourd'hui, on dirait presque de la fumée : si je sentais l'odeur de brûlé, je pourrais croire que Théodore a mis le feu à sa charbonnière quelque part dans les environs.

Je ne vois pas au-delà de mes mains. J'hésite à rebrousser chemin quand je suis alertée par un bruissement dans les branches. Je scrute autour de moi : rien. Mes yeux se posent à nouveau sur le sentier et ma respiration se bloque.

Une tache sombre se détache du brouillard. Le loup avance de profil, à pas lents et silencieux, sa tête tournée vers moi. Ses yeux jaunes sont inexpressifs. Je voudrais reculer, mais mes jambes sont paralysées. Le loup retrousse ses babines, comme s'il bâillait, révélant des dents acérées – avant de s'écrouler au sol. La détonation se répercute au milieu des arbres comme si un peloton de soldats avait fait feu.

Théodore débouche de la forêt, fusil à la main, son doigt encore posé sur la détente. « Je lui ai donné la chasse tout l'après-midi », dit-il. Il se penche et caresse le flanc de l'animal. « Je t'aurais laissé en paix, mon ami. Mais tu as eu la mauvaise idée de faire un banquet avec les poules de Greta. » Il indique le pantalon froissé dans mes mains. « C'est pour moi ? »

J'acquiesce et je le replie du mieux que je peux.

« Désolé de t'avoir effrayée. Au moins, je t'aurais épargné de marcher jusque chez moi. » Il soulève le cadavre de l'animal, le charge sur ses épaules. Ses yeux se voilent de tristesse.

« Tout va bien, Monsieur ?

— Bien sûr, excuse-moi. Ça me fait toujours un coup de te voir porter les vêtements de ma Catherine. » Il me tourne le dos et disparaît dans le brouillard.

Le coup de feu siffle encore dans mes oreilles. Je n'arrive

pas à me débarrasser de cette vision du loup ouvrant ses mâchoires. Chaque ombre sur le sentier prend la forme d'une menace. Je me mets à courir malgré moi, et plus je cours plus ma peur augmente.

J'arrive à la ferme à bout de souffle, mon sang pulse dans les veines. Mon visage rougi se reflète dans la vitre. Mon regard glisse vers mes habits, le chemisier et la jupe avec ses broderies. Je songe à l'expression de Théodore, ses yeux si tristes, son cœur usé de chasseur qui, pourtant, n'a pas hésité à tirer.

Je bois de l'eau et me mets en quête de Greta. La ferme est enveloppée dans le brouillard. Depuis la cour, j'entends chantonner une mélodie. Je reconnais la voix de Greta. En même temps, on dirait celle d'une autre, d'une femme plus jeune, insouciante, presque d'une enfant. Je me laisse envoûter par la mélodie et je pense à ma maman, à comment ça aurait pu être si elle avait été capable de me chanter des chansons quand j'étais petite, une berceuse avant de m'endormir.

La mélodie devient plus distincte, le brouillard se dissipe, et je me rends compte que je me suis trop approchée.

Greta est debout dans le baquet. La peau de son dos, aussi blanche que du lait, laisse entrevoir les os. Ses fesses sont maigres, ses jambes arquées. Elle se retourne lentement, sans cesser de chantonner.

Je contemple son corps nu, les petits seins durs, la tache sombre de son pubis, mais quelque chose là en bas est différent. Il y a trop de peau entre ses jambes. Recroquevillée au milieu, une petite protubérance plissée.

Nos regards se croisent, un battement de cils, puis, sans m'en rendre compte, je baisse les yeux et mon regard est à nouveau attiré par son entrejambe qui m'arrache un sourire malgré moi.

L'expression de Greta se transforme en terreur. Ses mâchoires tremblent, sa main tente de fermer la porte. Sa voix stridente hurle : « Va-t'en ! Va-t'en tout de suite, dégoûtante ! »

Je me réfugie à l'étage, me cache sous la couverture. Je reste immobile, j'attends que le rythme de mon cœur s'apaise.

Des pas claquent dans l'escalier. La porte s'ouvre en coup de vent. J'essaie de me protéger, mais la première gifle écarte mes mains et la deuxième atteint mon visage. Je sens l'explosion de chaleur, vois rouge. Un autre coup s'écrase sur mon oreille, mon tympan siffle, l'impression d'être sous l'eau, le visage furieux de Greta flottant à la surface.

Un coup ; je revois la voiture garée sur la route poussiéreuse. Un autre coup ; ma mère étendue sur son lit. « Elle a juste besoin de se reposer, dit le conducteur de la voiture. Il suffit qu'elle dorme un peu, elle se sentira mieux. » Un coup encore ; la bicyclette accidentée posée contre le mur, le beau-père attachant ses lacets sur le seuil avant de se rendre à la centrale, l'expression morne.

Le poing de Greta s'abat comme un marteau. Ma lèvre éclate, l'incisive se plie contre ma langue. Le dernier coup est dépourvu de force. Le poids qui m'écrase s'allège. Je ferme les yeux, une lumière douce et blanche enveloppe mon esprit.

*

La nuit est tombée. Je passe ma langue sur la dent que je sens bouger. Mon visage est en feu, mon oreille droite pulse au rythme de mon cœur. Des traces violettes marquent mes bras et mes hanches.

J'épie par la porte entrouverte. La chambre des Hauser est fermée. Les lumières de la ferme sont éteintes, on entend les mouches voler. Je rince mon visage sous l'eau glacée du robinet de la cuisine. Je serre les dents pour ne pas crier de douleur.

Une partie de moi voudrait revenir en arrière, ne pas avoir suivi cette mélodie menant à Greta. J'ai honte, je ne voulais pas me moquer d'elle. J'ai trouvé cette protubérance amusante, mon sourire s'est manifesté malgré moi, sans que je lui en donne la permission. Jamais je ne l'aurais autorisé, sinon.

L'autre partie de moi, en revanche, accueille la douleur. Chérit ces terribles instants où la fureur de Greta s'est déchaînée. Sous ma peau, sous les blessures, les croûtes et les hématomes, un nœud s'est défait. Et si je cherche au-delà de la douleur, j'éprouve une sensation de paix. De sérénité. J'emporte ce sentiment jusqu'à ma chambre et je me couche en le chérissant. Et, pour la première fois, je sens que j'ai le droit de pleurer, de demander pardon. Je sors le mouchoir brodé de sous le matelas et je le serre dans mon poing.

« Pardon, maman, je murmure. Pardonne-moi de tout mon cœur. »

*

Je me réveille au chant du coq.

La maison prend vie : bruits de pas et de couverts, portes qui grincent. J'attends que Greta sorte de la ferme avant de rejoindre l'étable et de commencer la traite.

En milieu de matinée, Arthur revient de sa mission au village voisin. Dès qu'il me voit, il accélère le pas. Il s'agenouille, empoigne mon menton pour mieux voir mon visage.

« Que s'est-il passé ?

— Ce n'est rien, Monsieur. »

Arthur jure et fonce vers la maison. Les cris explosent dans le silence de la ferme. Si Greta répond, sa voix ne franchit pas les murs. Arthur réapparaît, saisit la hache sur le billot et disparaît dans les bois. J'entends le bruit du métal qui fend l'écorce.

Au repas du soir, Greta sert une soupe de haricots. Mon bol est moins rempli que les leurs. Personne ne parle. Greta regarde vers la fenêtre comme si elle observait un coucher de soleil ou des chutes de neige.

Arthur jette la serviette sur la table. « Ça suffit ! Je veux savoir ce qui s'est passé. »

Greta se tait.

« Ida ? Je ne plaisante pas.

— J'ai été faignante, je réponds. Et Madame m'a punie.

— T'as vu ton visage ? Tu crois vraiment que je vais avaler ça ?

— C'est la vérité, Monsieur. »

Il est sur le point de questionner à nouveau sa femme, y renonce. « En tout cas, ça n'en restera pas là. » Il sort en faisant claquer la porte. Un pot de terre cuite tombe de l'étagère et se brise par terre.

Greta reste impassible.

« Je suis navrée », dis-je. Je le pense sincèrement, du fond du cœur. J'espère que mon expression reflète ce que j'éprouve. « Je ne voulais pas me moquer. »

Greta tourne sa tête vers moi. Mais son regard va bien au-delà, traverse mon corps comme si, face à elle, elle voyait seulement une chaise vide.

*

Le lendemain, je suis occupée à nettoyer le poulailler quand la tête d'Arthur pointe par la porte.

« Tu as vu Greta ?

— Non, Monsieur.

— Depuis mon retour, elle n'ouvre plus la bouche. Vous faites la paire, tiens, la muette et l'éclopée. Il ne manquait plus qu'elle disparaisse, nom d'un chien ! »

Depuis la cour, je vois Arthur qui va et vient de l'étable à la grange, soufflant comme un bœuf.

« Je vais voir chez le pasteur. Entre-temps, si elle réapparaît, dis-lui de ne pas bouger. »

Je termine avec le poulailler, remplis les mangeoires et mélange la bouillie pour le cochon. Ensuite, j'aplanis les monticules de terre soulevés par les taupes afin de préparer le potager.

Arthur revient une demi-heure plus tard. Il allume une cigarette. Je ne l'ai vu fumer que deux ou trois fois depuis que je suis ici : à l'étable, quand il est venu me trouver la nuit pour me raconter l'histoire de Catherine et le jour où j'ai trouvé la tête de chèvre.

« Elle n'était pas chez le pasteur ni au village, dit-il en se dirigeant vers les bois. Mais je crois savoir où elle est allée se fourrer. Je me demande pourquoi je n'y ai pas pensé avant. »

Je revois Greta nue dans la bassine et à nouveau, le sentiment de culpabilité me noue l'estomac. Si je pouvais revenir en arrière, je m'arracherais ce sourire avec les ongles.

Après m'être occupée du potager, je me rends à l'étable. À peine ai-je saisi la fourche que Noah Feld arrive en courant. « Qu'est-ce qui se passe ? demande-t-il hors d'haleine. Arthur a fait du grabuge au village.

— Il cherche Greta.

— Je sais et... » Il m'attire à lui sous le rai de lumière qui tranche la pénombre de l'étable. « Qu'est-ce qu'on t'a fait ?

— Rien.

— Allons chez mon père. Il doit le voir de ses propres yeux.

— Je n'irai nulle part. Je l'ai mérité.

— *Mérité* ? C'était si grave pour qu'on te frappe comme un chien ?

— Ce sont mes affaires.

— Dans ce cas, je le demanderai aux Hauser. S'ils ne veulent pas m'en parler, je reviendrai avec mon père.

— Tu ne feras rien du tout.

— Et qui peut m'en empêcher ?

— Je n'ai pas la force d'en parler maintenant. S'il te plaît.

— Sans explications, je te laisserai pas seule ici. »

J'essaie de réprimer un sanglot, mais les pleurs me submergent. Je m'écroule sur la paille, mains sur le visage. Je voudrais que tout disparaisse, l'étable, la ferme, le village. Même Noah.

Il se couche près de moi. « Mon père peut t'aider.

— Je ne veux pas.

— Tu ne peux pas continuer comme ça.

— Laisse-moi. Si Arthur te trouve ici, tu auras des ennuis.

— Je n'ai pas peur de lui. Peut-être qu'il se sent assez courageux pour te frapper toi, mais moi...

— Ce n'est pas Arthur. »

Noah se redresse et s'assied à mes côtés. « Greta ? C'est elle ?

— Oui, Greta. Et alors ? Qu'est-ce que ça change ?

— Rien, t'as raison. De toute façon, tu ne peux plus rester dans cette ferme. »

Je renifle. « S'il te plaît, va-t'en.

— Réfléchis à ce que je t'ai dit. Je reviendrai ce soir. » Il essuie les larmes sur mes joues et esquisse un sourire.

« Tout se passera bien. Je te le promets. »

*

À cinq heures et demie, je commence à préparer le dîner. Arthur m'a demandé une soupe et du pain.

Il est assis à table avec une bouteille achetée au village. Il remplit à nouveau son verre. Il reste là à le fixer, le fait tourner sur la table, avant de le vider d'un trait.

Je pose la soupe brûlante devant lui, il s'empiffre en aspirant le contenu de sa cuillère.

Il se sert un autre verre, remplit le mien. « Bois.

— Monsieur, je ne...

— Bois, je te dis. »

Je trempe le bout de ma langue dans le liquide transparent, elle s'enflamme. Je m'efforce de boire encore entre deux cuillerées de soupe. Le repas terminé, je me lève pour rincer les couverts.

« Viens ici, dit Arthur. Assieds-toi. »

Mon verre est de nouveau plein. J'avale une gorgée, ça m'écœure.

« On n'est plus amis, toi et moi ?

— Pourquoi dites-vous cela, Monsieur ?

— Tu ne veux pas avouer ce qui s'est passé avec Greta ? Comme tu voudras. Mais tu peux faire autre chose pour moi. »

Je suis certaine qu'il va m'obliger à me laver dans le baquet, ses yeux posés sur mon corps. J'essaie de m'imaginer nue dans le regard de cet homme : un corps normal, avec ses imperfections, les hanches un peu trop larges, les grains de beauté qui serpentent du dos jusqu'aux fesses. Mais la peau est encore lisse et jeune. Pas comme celle de Greta, son corps de femme, de femme adulte, à un détail près.

« Il est évident que tu n'es pas entrée dans les grâces de ma femme. Tu n'as plus d'autre allié que moi, ici. Je te l'ai déjà dit, t'as intérêt à ce qu'on s'entende, toi et moi.

— Dites-moi ce que je dois faire, Monsieur. »

Il baisse les yeux et remplit son verre. Certains hommes quand ils boivent deviennent plus forts et téméraires, du moins le croient-ils. Le beau-père ne touchait pas à l'alcool, jamais, même pas une bière. Mais l'homme chez qui nous vivions auparavant buvait tellement qu'il en est tombé malade. Je pense qu'il en est mort après notre départ. L'alcool agit différemment chez Arthur. Je sais ce qu'il veut, il me l'a déjà demandé, mais on dirait que, maintenant, ça l'effraie. Sans pouvoir me l'expliquer, son manque de courage m'irrite encore plus.

— Monsieur ? » je répète.

Il marmonne une phrase que je ne comprends pas, indique les escaliers d'un mouvement de la tête. « Ne m'écoute pas, va te coucher. »

8

Je ne trouve pas le sommeil, mes pensées s'emmêlent et me hantent : Arthur et son insistance à me voir nue dans le baquet. Mon corps qui a grandi trop vite. Le corps de Greta. Celui de Thomas et sa peau constellée d'hématomes. Le corps de ma mère se mêlant à celui d'un homme, et à un autre encore, et parmi eux, il y a le corps de mon père. Je pense au ventre bedonnant du premier monsieur chez qui nous avions vécu, au torse maigre et poilu du beau-père penché sur le lavabo, à son visage recouvert de mousse à raser... Par la fenêtre, la lune est si claire que j'en distingue les bosses et les cratères.

Je suis encore réveillée quand le caillou rebondit contre la vitre. Les ronflements d'ours de monsieur Hauser s'entendent jusque dans ma chambre. J'ouvre la fenêtre en veillant à ne pas faire de bruit.

« La voie est libre ? » murmure Noah depuis le jardin.

Je fais oui de la tête.

Il disparaît au coin de la ferme et revient avec l'échelle en bois qu'Arthur utilise pour nettoyer la cheminée. Il la pose contre la paroi, la secoue pour vérifier sa stabilité. Il lève son pouce. Ses mains soutiennent l'échelle jusqu'à ce que je touche le sol.

« Tu as réfléchi à ce que je t'ai dit ?

— Oui.
— Et alors ?
— Pas question. Laisse ton père en dehors de ça.
— Ida, ne sois pas stupide. C'est une…
— J'aimerais aller au lac ce soir. Greta n'est pas là, et même une bombe ne pourrait pas réveiller Arthur. » Je lui indique la pleine lune. « Tu me l'as promis, tu te souviens ? »

« On y est presque, dit Noah. C'est la dernière montée, après ces arbres, là-bas. »

On débouche sur la rive d'un petit lac de montagne dans lequel se reflète le ciel étoilé. La lune qui se dessine dans l'eau est une copie parfaite de l'originale. Sur la droite, entre la berge et la forêt, se dresse un cabanon.

Noah ouvre la porte. La lumière de la lampe torche éclaire un divan, une couverture fripée, une table sur laquelle se trouvent deux verres et une bouteille à moitié vide, un vaisselier ouvert. Noah ramasse un tisonnier à la pointe fourchue et le pose à côté de la cheminée pleine de cendres.

« Reto laisse tout en désordre quand il monte ici. » Noah prend la bouteille sur la table. « C'est de l'eau-de-vie de prunes que distille mon père. Quand j'avais huit ans, il me l'a fait goûter, et rien que l'odeur me donne la nausée. Mon père assure que l'envie de *plümfli* me reviendra quand j'aurai l'âge pour aimer ça. »

Sur la langue, j'ai encore le goût de l'alcool que m'a fait boire Arthur. À sa seule pensée, mon estomac se révulse. Noah pose la bouteille sur le buffet près des autres. Elles sont toutes remplies de liquide transparent, avec une étiquette et l'année marquée au stylo. Il prend les deux coussins et la couverture sur le divan. « Suis-moi. »

Les traverses du ponton en bois surplombant l'eau sombre sont déformées par l'humidité. Noah met un pied dans la barque qui tangue et manque de chavirer. Il écarte ses jambes pour répartir son poids, trouve son équilibre, et me tend la main. « Bienvenue à bord », dit-il.

Il rame jusqu'à l'endroit où la lune se reflète dans l'eau. Ses cheveux blonds prennent une teinte argentée, sa peau semble encore plus pâle. Il déplie la couverture au fond de la barque, installe les coussins contre l'axe qui tient lieu de banc.

Je passe le bout de ma langue sur ma lèvre endolorie et ça me brûle. Mais j'ai l'impression qu'elle me brûle davantage lorsque Noah me regarde avec cette tristesse mêlée d'inquiétude. Si la cause de mes blessures n'était pas aussi secrète, je pourrais lui parler des Hauser, de Greta, des punitions qu'on m'inflige. Car Greta n'est qu'un prétexte, elle n'est que la superficie, l'apparence des choses. Si ce n'était pas elle qui me frappait, ma punition viendrait d'ailleurs, mon châtiment serait autre.

Son épaule contre la mienne, je perçois la respiration de Noah, le léger poids qui s'allège quand il expire. Aujourd'hui, il m'a demandé ce que j'avais fait pour mériter tout ce qui m'arrive. Dans la quiétude de ce lac, les étoiles scintillant sur nos têtes, je voudrais pouvoir tout lui avouer.

Je voudrais lui dire que maman avait peur à vélo. Qu'elle a traversé la vie sans faire de bruit, sans jamais entendre la moindre voix. Ignorant les sons produits par les miaulements d'un chat, les pleurs d'un bébé, les gouttes de pluie, l'entrée d'un train en gare, les frottements d'une brosse à dents, le pipi dans une cuvette, le claquement d'une bise sur la joue – ou le vrombissement d'une voiture. Je voudrais lui parler du soir où on s'est disputées, elle et moi, à cause d'un jeune garçon comme lui.

« Alors ? me demande Noah. Ça te plaît ? »

Les mots se décollent péniblement de ma bouche.

« C'est... magnifique.

— Sauf que les villageois associent cet endroit au malheur, c'est dommage.

— Comment ça ?

— Tu n'es pas au courant ? Une femme s'est noyée dans ce lac. Ce drame est encore dans toutes les mémoires.

— Quelle femme ?

— Catherine, l'épouse du charbonnier. »

Je frissonne. « La mère d'Anne ?

— Exactement.

— Je savais qu'elle était morte, mais j'ignorais qu'elle s'était noyée.

— J'avais dix ans quand c'est arrivé. On a parlé d'un accident, elle serait tombée dans l'eau froide qui l'a emportée. Ça, c'est la version officielle. Certains prétendent qu'elle s'est suicidée après le mariage de sa fille avec Emil Reus.

— Elle se serait tuée pour ça ?

— On dit aussi qu'elle aurait perdu la raison. Elle adorait Anne, elle l'appelait " l'enfant du miracle " parce qu'elle était née alors qu'elle avait perdu tout espoir de devenir mère. Essaie d'imaginer : les années passent, Anne grandit, saine et belle, devient maîtresse d'école, elle est l'orgueil et la fierté de sa mère. Puis, un beau jour, l'enfant du miracle tombe enceinte. Et qui plus est, d'un garçon de mauvaise réputation. »

Mes vêtements semblent soudain plus lourds à porter, l'impression d'appesantir la barque, de la pousser vers le fond.

« Noah ?

— Oui ?

— Retournons à terre, s'il te plaît. »

Le long du chemin qui nous ramène, Noah me prend la main. On marche ainsi sans rien dire, ma tension se relâche. Je goûte le silence, les parfums de la forêt, le ciel étoilé.

« Laisse-moi parler à mon père, dit-il. On trouvera une solution, tu verras.

— Quelle solution ? M'envoyer dans une autre famille ?

— Tous les paysans ne sont pas des brutes. Il y a aussi de braves gens. »

J'aimerais qu'il puisse comprendre : où que j'aille, ce sera pareil. « La seule chose que peut faire ton père est d'appeler le tuteur. Les Hauser diront que je suis une fainéante, une bonne à rien. Et après ? Je finirai dans un institut. »

Noah s'immobilise. « Dans ce cas, c'est moi qui t'emmènerai loin d'ici. »

Tout à coup, c'est comme si un vent chaud gonflait mon

cœur. Une émotion qui me ramène à des images du passé : un garçon me donne une bille colorée ; le chat Dumas s'endort contre ma jambe ; un homme aide une vieille femme à se relever dans la cour derrière la maison, et la vieille dame est émue, parce qu'elle était déjà tombée et qu'elle avait dû se relever toute seule.

« Tu sais que je veux m'en aller, dit Noah. Tu pourrais venir avec moi. Je sais me débrouiller, je n'ai peur de rien. »

Je pense au regard vide de Greta, à celui d'Arthur quand je me lave. Je pense à ma mère qui tourne la tête et me cherche avant de perdre l'équilibre. « Mais moi, je ne peux pas partir.

— Et pourquoi ? Rien ne te retient ici.

— J'ai fait une promesse », dis-je, et j'éclate en sanglots. Ce n'est pas la première fois que je pleure depuis que je suis au village. D'habitude, les larmes coulent doucement, comme de l'eau qui déborderait d'un verre. À présent, c'est comme si le verre s'était brisé d'un coup. « Une promesse, je dis entre deux hoquets, j'ai fait une promesse en échange du pardon. »

Emportée par les larmes, je laisse libre cours à mon histoire.

*

Tout commence le soir où la mère de Thomas nous surprend sur le palier. Lui est terrorisé, c'est à peine s'il arrive à se rhabiller. Sa mère détourne le regard. J'en profite pour me faire toute petite et me faufiler entre elle et le mur. « Tu devrais avoir honte », dit-elle tandis que je descends les escaliers.

Le lendemain, elle sonne à notre porte pour raconter à ma mère ce qu'elle a vu. Le beau-père sert d'interprète : il reste calme comme s'il traduisait une simple requête entre voisins, besoin de sel ou d'un coup de main pour transporter un meuble. Sauf que le visage de ma mère se rembrunit.

Lorsque nous sommes seules, sa rage explose : ne m'a-t-elle pas répété mille fois que c'est ainsi qu'on se retrouve dans les ennuis ?

Je sais qu'elle fait allusion à sa propre histoire, à sa relation avec mon père – ce garçon qui lui a fait tant de promesses pour ensuite disparaître du jour au lendemain. Je sais aussi que je suis la conséquence de cette erreur, mais ça, elle ne me l'a jamais dit.

Jusqu'à ce soir-là. *J'ai commis la même erreur, et il ne se passe pas un seul jour sans que je le regrette.*

Je sens mon irritation monter : j'ai tout essayé pour qu'elle soit contente de moi, contente de m'avoir près d'elle. Je l'aimais, j'avais besoin d'elle, et elle aussi avait besoin de moi. Comme chaque matin, quand on se rendait à vélo dans les beaux quartiers pour faire des ménages. Pour ma mère, le moteur d'une voiture fait moins de bruit qu'un voleur dans la nuit. Alors je me tenais légèrement en retrait et à l'intérieur de la route, pour qu'elle se rassure et se sente protégée de la circulation. Nous étions une équipe.

Je me sens blessée, et je lui réponds, je hausse le ton, jusqu'à ce que la discussion dégénère et que ses gestes forment les mots qui me gèlent le cœur : *Je voudrais. Que. Tu. Ne sois. Jamais. Née.*

Cette nuit-là, je ne ferme pas l'œil.

Le matin je me lève tôt, je me rends à la boulangerie du coin et j'achète du pain avec les sous économisés sur les pourboires des ménages. Je coupe le pain et je le mets sur la table avec la confiture. Quand maman se réveille, je lui demande pardon. J'essaye de l'embrasser mais elle me repousse. Elle refuse aussi mon petit-déjeuner.

Les mots qu'elle m'a adressés la veille résonnent dans ma tête. Et ils continuent de résonner sur la route poussiéreuse qui mène aux beaux quartiers, alors que je pédale derrière elle. Soudain, je pense : *si je n'étais pas née, tu serais seule.*

*

Noah me prend dans ses bras, son corps tremble avec le mien. Il me serre contre lui jusqu'à ce que mes sanglots s'apaisent.

Il s'assied sur un tronc au milieu du bois, regarde la lune et soupire. « Je comprends que tu culpabilises, mais c'est juste de la malchance. Chaque jour, il y a des centaines d'accidents de vélo qui ne portent pas à conséquence. Écoute-moi : la vie est déjà assez difficile comme ça. Pas besoin d'en rajouter et de chercher d'autres souffrances pour expier ta faute. Je suis sûr que si tu vis de façon sincère et honnête, elle te sera pardonnée. Mais si tu restes ici, je ne sais pas comment tout ça finira. À force de te faire maltraiter, toi aussi tu risques de devenir quelqu'un de mauvais. »

Sur le point de lui répéter la promesse faite à moi-même, ma langue s'attarde à nouveau sur la fissure de ma lèvre. Depuis ce qui s'est passé avec Greta, à la ferme ça ne sera plus comme avant. Et Noah n'a pas tort quand il dit que la vie est longue, qu'elle est pleine de souffrances, mais aussi pleine d'occasions pour se racheter.

Il me regarde avec ses grands yeux brillants. « Viens avec moi, Ida. Je veux m'en aller et toi tu ne peux pas rester, ça me paraît logique, non ? »

Je cherche à m'imaginer comment ça serait. Derrière le projet rêvé de Noah se cache la réalité qui nous verrait partir sans but, sans la garantie d'un toit ni d'un repas ; la seule certitude serait celle de devoir lutter pour survivre. Je pourrais maintenir mon vœu d'expiation loin d'ici et de la ferme Hauser.

« Faisons un pacte », dit Noah. Il sort un canif de sa poche, ouvre la lame et l'appuie sur sa main. « Aucun de nous deux ne quitte le village sans l'autre, d'accord ?

— Arrête, tu vas te faire mal.

— Tu laisses Greta te rouer de coups et t'as peur d'une petite coupure ? » Il continue de me fixer tandis qu'il dessine une demi-lune rouge dans sa paume.

« Donne-moi ta main. »

La lame est chaude de son sang, la pointe pénètre ma chair. Il pose sa paume contre la mienne : « Ensemble.

— Ensemble », je répète. Je sors le mouchoir brodé de ma poche et l'appuie contre ma main blessée.

9

Greta fait son retour à la ferme le lendemain après-midi. Le quotidien reprend son rythme habituel, sauf que ma peau est crevassée, rougie et parsemée de bleus. Le regard de la paysanne continue de passer à travers moi comme si j'étais transparente.

Les jours passent : réveils à l'aube, étable, traite, lessive, repas, soleil, brouillard, pluie, repos. La nature change, le printemps bat son plein, la verdure enveloppe et asphyxie la montagne.

La demi-lune sur ma paume est une subtile ligne rose, maintenant. La croûte s'est défaite, peut-être restera-t-il une cicatrice. Je pense à ce qui m'attend : une vie compliquée et difficile, mais loin de cette ferme où je n'existe pas, dans laquelle je n'ai jamais existé.

Greta s'est enfermée dans le mutisme. Si elle parle avec Arthur, elle doit le faire en mon absence. Ce nouveau silence active chez moi un mécanisme rouillé, le réflexe de m'exprimer par gestes et de mimer les sons avec la bouche.

Quelques fois, la nuit, un petit caillou rebondit contre ma vitre. Je me penche par la fenêtre et j'aperçois Noah en bordure du champ, sa silhouette à peine visible sous la lumière des étoiles. Je lui souris, je lui montre mes blessures qui se résorbent et je murmure : « Tout va bien. »

Un après-midi, Arthur apparaît au seuil de l'étable. « Le charpentier que j'ai aidé à réparer les toits a d'autres chantiers dans la région. Il a besoin de bras et la paie est décente. » Il se penche, me saisit par les épaules. « Peu importe ce qui est arrivé entre toi et Greta, mais ça ne doit plus se répéter, d'accord ? Si tu te comportes bien, elle m'a juré qu'elle te laissera tranquille. Promets-moi que tu ne la mettras pas en colère, que tu lui obéiras sans discuter.

— Je vous le promets, Monsieur.

— Je peux compter sur toi ?

— Je serai obéissante, oui.

— C'est bien. »

À peine sorti de l'étable, il s'arrête, se plie sur lui-même et se met à tousser si fort qu'une vache s'effraie et se cogne la tête contre la paroi.

« Tout va bien, Monsieur ? Vous voulez de l'eau ? »

Arthur essuie sa main sur son pantalon. « C'est rien, seulement ma vilaine toux. »

*

Ce soir-là, je trouve sur mon lit un plat recouvert d'une serviette, accompagné d'un mot. *Tu pensais que j'avais oublié, pas vrai ? Dis rien à Greta !* Dans l'assiette, une grosse part de gâteau aux pommes.

Je regarde au-dehors. Le ciel est encore clair, l'air tiède du printemps se faufile par la fenêtre ouverte. Je ferme les yeux et voilà qu'apparaît le visage de ma mère. Elle se penche pour m'embrasser. Elle se touche le menton, le sternum, me prend dans ses bras et me fait tourner. Le beau-père nous attend au bas de l'immeuble où se trouve le local à vélos. À côté de celui de ma mère, il y en a un autre : le cadre est moucheté de rouille, le cuir de la selle craquelé. Mon cœur se remplit de joie. « Bon anniversaire » dit le beau-père.

Je mange le gâteau par petites bouchées. *Dernier morceau, garde le reste pour demain.* À la fin, il ne reste plus que des miettes. Je me couche avec un goût de pomme et de cannelle dans la bouche. Je n'ai qu'un seul désir : que Noah vienne me rendre visite.

Je me concentre si fort sur cette pensée que, lorsque le caillou ricoche contre la vitre, je me sens presque en faute, comme si je ne lui avais pas laissé le choix, comme si je l'avais traîné de force sous ma fenêtre.

« Tu peux sortir ? chuchote-t-il. J'ai du nouveau.

— Moi aussi je dois te dire une chose.

— Les Hauser dorment ?

— Depuis un moment. »

En réalité, je n'en ai aucune idée, mais Arthur n'a jamais vérifié ma présence dans la chambre après la tombée de la nuit. Et vu que demain l'attend une dure journée, je doute qu'il le fasse ce soir.

Noah apporte l'échelle, et quelques minutes plus tard on se retrouve assis sur une grosse pierre à l'orée de la forêt.

« Ça y est presque, dit-il. Le menuisier cherche une aide permanente et il paraît que quelqu'un s'est présenté. Dès que Reto retourne travailler à la ferme, toi et moi on fiche le camp.

— On a deux événements à fêter, alors : c'est mon anniversaire.

— Aujourd'hui ? Pourquoi tu ne me l'as pas dit avant ?

— J'avais oublié moi aussi. Et puisque c'est un jour spécial, j'ai un souhait, Noah. Je voudrais dormir une nuit loin de la ferme. Loin des Hauser. On peut aller au cabanon ? On se lèvera tôt et je reviendrai avant qu'ils soient réveillés. »

La brise tiède embaume l'herbe des prés. La forêt scintille sous la lune blanche, les étoiles sont si proches qu'elles semblent toucher le sommet des arbres.

On marche main dans la main. Je songe à la lame pénétrant ma paume, le sang qui s'écoule, le frisson de plaisir qui s'est mêlé à la douleur.

Je me suis juré d'accepter tout ce que la vie m'infligerait, sans réagir ni m'en défendre : accepter la juste punition. Mais cela ne signifie pas que je ne puisse pas trouver mon chemin, vivre ailleurs et faire pénitence d'une autre façon. Une voix intérieure me reproche de ne pas respecter ce pacte avec moi-même. Pourtant, les jours passant, je suis toujours plus convaincue de faire le bon choix.

« Quand j'y pense, je dis, j'aurais pu me fier aux Hauser qui disaient que t'étais un voyou.

— Faut pas croire tout ce qu'on entend. Surtout pas dans ce village.

— Ton frère aussi me paraît correct. Je ne comprends pas toute cette méfiance.

— Je te l'ai dit, plus jeune Reto a fait une bêtise. Les personnes intelligentes ont passé l'éponge, pas les autres.

— Qu'est-ce qu'il a fait de si grave ? »

Noah ralentit son pas. « Avec deux copains, ils ont tué du bétail. Un mouton, je crois, ou une chèvre. J'étais un enfant alors, et Reto n'en parle jamais. Le paysan qui les a découverts l'a raconté à Ueli. Le pasteur en a fait une affaire d'État et la moitié du village l'a suivi. Heureusement, mon père a réussi à calmer les esprits. Reto et les deux autres se sont excusés, ils ont remboursé le paysan, expliqué que c'était une mauvaise blague, qu'ils ont fait ça sans réfléchir. Ça aurait dû s'arrêter là, sauf que... » Noah s'arrête de parler, lâche ma main.

« Qu'est-ce qu'il y a ?

— Là-haut », chuchote-t-il.

Je suis son regard. Au sommet de l'escarpement, une lueur se détache entre les arbres. « Il y a quelqu'un à la cabane ?

— Attends-moi ici. »

Noah s'empresse de monter la pente.

Les minutes passent. Je n'entends que le bruissement des feuilles et le cri d'un hibou. Je songe au sentier menant chez le charbonnier, aux crocs du loup. Un frisson parcourt mon échine.

Noah émerge des arbres et saisit mon poignet. « On s'en va. » Sa paume est moite et collante. « Tu saignes.

— J'ai glissé.

— Il y a quelqu'un à la cabane ?

— Mon frère, son ami Sepp et une bouteille de *plümfli.* »

Je soupire. « Belle façon de gâcher notre soirée.

— La cabane lui appartient aussi. Viens, je te raccompagne à la ferme. »

Ses yeux luisent de manière étrange, pourquoi cette précipitation ?

« On s'en fiche que la cabane soit occupée. On peut quand même rester un peu ensemble, non ?

— Désolé. On se rattrapera demain.

— Ne me prends pas pour une idiote. Je vois bien que quelque chose ne va pas. Pourquoi tu ne veux rien me dire ?

— Tu dois te fier à moi. Tu me fais confiance ?

— Bien sûr.

— Désormais, nous sommes liés, toi et moi. Dans quelques semaines, le village ne sera plus qu'un mauvais souvenir ». Il esquisse un sourire. « Il n'y a rien à craindre. »

Rien à craindre. Je me le répète plus tard dans mon lit tandis que j'essaie de m'endormir. Peut-être Noah a-t-il vraiment vu son frère en train de se soûler avec son copain.

Mais, à moi, il m'a donné l'impression d'avoir vu le diable en personne.

*

À l'aube, Arthur descend dans la cuisine. Il met dans son sac les patates cuites laissées à refroidir, s'accroupit pour nouer les lacets de ses grosses chaussures. « Je serai absent jusqu'à après-demain. N'oublie pas ta promesse.

— Je serai obéissante et ne fâcherai pas Greta.

— Ce boulot est une aubaine. Et la chance, j'ai pas l'habitude. » Il charge son sac sur ses épaules. « Je me fais pas d'illusions, vous deviendrez pas amies. Mais vous trouverez le moyen de vivre ensemble. La vie est déjà assez difficile comme ça. »

Je le regarde descendre la colline depuis le pas de la porte avant de me mettre au travail. Utiliser mes bras libère mon esprit que je laisse divaguer. D'habitude, les pensées me transportent ailleurs, mais pas aujourd'hui : elles me font revenir à la veille, à la lueur provenant du cabanon. J'imagine Reto, avec ses cheveux sombres et bouclés, son œil au beurre noir, assis à table avec un ami, le vaisselier ouvert et les bouchons de bouteille jonchant le sol. Pourtant, je n'arrive toujours pas à comprendre la réaction de Noah. Je me concentre sur les tétines de la vache, les jets de lait chaud remplissant le seau. Ce soir, Noah reviendra et éclaircira le mystère. Le cabanon sera libre, la nuit sera à nous.

À midi, Greta me sert un bol de soupe de haricots. L'expression béate, son regard vague ne fixant rien de précis. Elle passe un peigne en bois dans ses cheveux emmêlés. « Elle est bonne ? » demande-t-elle.

Ai-je bien entendu ? Je lève la tête, je vois qu'elle me fixe. « La soupe est bonne ? » répète-t-elle gentiment.

La dernière cuillerée se bloque dans ma gorge. « Oui. »

Elle s'empresse de m'ôter l'assiette des mains, un geste brusque qui ne colle pas avec son sourire.

« Tu vois les sacrifices que fait Arthur pour gagner quelques sous ? Je veux qu'il soit content lorsqu'il rentrera. On va en mettre un coup avec le travail, d'accord ?

— Oui, Madame.

— Je m'occupe de la vaisselle. Tu commences par la cave. Viens que je te montre. » Elle ouvre la porte du sous-sol. « Arthur a demandé d'éliminer les moisissures des murs. » Elle allume la lumière de l'escalier, s'écarte pour me laisser passer. « Je t'ai préparé un seau avec de l'eau et du vinaigre. »

Je ne me rappelle pas avoir vu de moisissures dans la cave, et Greta y passe tant d'heures sur son métier à tisser, qu'elle les aurait déjà nettoyées depuis longtemps. Je me retourne pour lui faire la remarque et son visage se colle au mien. « Qu'attends-tu, jeune fille ? »

M'entendre appelée ainsi redonne de la familiarité à nos rapports, comme si tout était redevenu comme avant, elle la paysanne et moi la fille de ferme. Celle qui doit obéir et gagner son pain, qui ne doit pas répondre, qui doit nettoyer le poulailler, ramasser le fumier sous les vaches avant de les traire, balayer par terre, laver la cuisine, chercher le bois, nourrir le cochon, étendre le linge, frotter les moisissures.

« C'est un travail facile. Allez, ne fais pas d'histoires. »

Au lieu de se poser sur la marche, mon pied ne rencontre que du vide. J'ouvre la bouche, mes poumons se remplissent d'air. Des éclats de douleur fusent dans mes coudes et mon dos. Mon front heurte le sol, je manque de m'évanouir.

Bruits de pas descendant l'escalier. Les notes d'une mélodie chantonnée à voix basse. Mon cerveau engourdi essaie de se rappeler où il l'a entendue, et je me revois engluée dans cette nappe de brouillard où je devine le dos de Greta, debout dans la bassine. Puis, je la vois assise à table, souriante, elle tend sa main pour prendre mon assiette. Pourquoi sourit-elle ? Pourquoi ce ton cordial ? Propose-t-elle une trêve ? Peu importe, je serai bientôt loin, j'irai ailleurs payer pour mes péchés. Je m'enfuirai un matin à l'aube, avec Noah, vers une nouvelle vie.

Je rouvre les yeux. Le froid, l'odeur de renfermé. Je suis allongée sur le sol humide, tout se confond, je n'ai pas idée de comment je suis arrivée là. Une main me saisit par les cheveux. D'autres images défilent dans ma tête : la lumière qui se fait dans l'escalier, le pied qui ne trouve pas la marche, et je comprends : Greta m'a poussée.

Je voudrais me débattre et ruer, mais mon corps ne réagit pas. Greta continue de chantonner. Elle me fait asseoir, tire mes bras dans le dos. Les os de mes poignets grincent tandis qu'elle les attache avec de la ficelle. Elle enfonce un bâillon dans ma bouche.

« Te voilà à ta place, dit-elle. C'est ici, ta place, compris ? La seule qui te revient dans ma maison. Voyons si ça te plaît. Voyons si t'as encore envie de rigoler. »

Je bats des paupières pour chasser le sang coulant de mon front, juste à temps pour voir les pieds de Greta s'éloignant dans le corridor de lumière dessiné par la lampe des escaliers. Les pas remontent les marches, la porte se referme violemment, avant l'obscurité.

*

J'ai ralenti, freinant à peine, et la bicyclette de ma mère a pris quelques mètres d'avance. Juste ce qu'il fallait pour l'effrayer. Lui faire comprendre qu'elle avait besoin de moi, tout comme j'avais besoin d'elle. Que d'une faute commise peut naître quelque chose de bon, parce que j'étais cela, quelque chose de bon, d'utile, et que je l'aimais, et que je ne méritais pas d'entendre des méchancetés simplement parce que j'avais fricoté avec un garçon, comme le font des milliers de jeunes chaque jour.

Ma mère s'est retournée et m'a cherchée du regard. Je m'attendais à voir de la peur sur son visage, mais non, il n'y avait que de la confusion, comme quand on est sûr d'avoir posé un objet à un endroit et qu'il n'y est plus.

Elle s'est distraite une seconde seulement, mais cela a suffi pour que sa roue bute dans un trou, que le guidon tourne. Elle a perdu l'équilibre. Je l'ai vue rouler dans un nuage de poussière et, l'instant d'après, la voiture a surgi à pleine vitesse.

Une main m'arrache le bâillon. L'eau glacée gargouille dans ma gorge, déborde à la commissure des lèvres.

Je voudrais cesser de boire, mais Greta maintient ma tête en arrière. J'avale de travers et je tousse.

« Ouvre la bouche ou je te laisse crever de faim. »

Ma langue rencontre un morceau de pain. Mâcher me fait mal, déglutir encore plus.

« Tu t'es pissée dessus, espèce de sale fille, dit-elle. Ouvre. »

Une autre bouchée. Je mâche, j'avale, mais la douleur est plus forte que la faim et je serre les dents pour refuser le reste.

« Tant pis pour toi.

— Libérez-moi, dis-je dans un filet de voix. Je vous obéirai... Je ne dirai rien à Arthur... Je vous en prie. »

Elle resserre le bâillon et s'en va.

J'ignore depuis combien de temps je suis ici, mais si elle m'a apporté à manger, il doit être l'heure du souper.

J'ai peur. Non pas de Greta, ni de la nuit qui m'attend dans cette cave froide et humide, mais de la réaction d'Arthur quand il découvrira tout ça. J'ai peur qu'il me fasse emmener par le tuteur, loin de la ferme et du village. Loin de Noah.

La panique monte, elle m'étouffe. Noah viendra ce soir sous ma fenêtre et il ne me trouvera pas. Il s'inquiétera, fera intervenir son père sans se douter qu'en voulant bien faire, cela me mènera aussi chez le tuteur.

J'essaie de me libérer. La ficelle lacère mes poignets. De l'index, je touche la paume de l'autre main, parcours ma blessure en forme de demi-lune. Ce pacte avec Noah était une erreur. Je comprends que j'en ai trop demandé, avec mes plans de fuite, le désir d'une nouvelle vie. J'ai prétendu pouvoir choisir où et quand expier pour mes fautes alors que j'ai perdu ce droit sur une route poussiéreuse, au moment exact où ma main a serré le frein.

Je ferme les yeux et je prie pour que le sommeil m'emporte aussi vite que possible.

10

La porte de la cave s'ouvre d'un coup, Arthur se précipite au bas des escaliers.

« Jésus ! » dit-il. Il enlève doucement le bâillon de ma bouche et caresse ma tête. « Une chance que je sois rentré plus tôt ! » Ses mains s'activent dans mon dos, je sens ses doigts passer sous la ficelle, le froid d'une lame sur mes poignets.

Il me soulève dans ses bras et nous montons les marches. Je garde les yeux fermés pour me protéger de la lumière du jour. Je me laisse transporter jusqu'à ce qu'il me dépose sur le matelas de ma chambre.

« J'emmène Greta à l'hôpital, dit Arthur. Sers-toi à manger, d'accord ? »

Je reste étendue un moment avant d'oser m'asseoir. Je fais rouler mes épaules, mes muscles tendus et endoloris se relâchent peu à peu. Je me hisse en me soutenant au rebord de la fenêtre. Mes genoux tremblent, mais mes jambes tiennent le coup.

J'ôte mes habits sales. Ma peau est marquée de taches violettes même à des endroits où je n'ai pas mal. J'enfile lentement ma robe, celle que je portais quand je suis arrivée à la ferme.

La couleur du ciel me dit que c'est l'après-midi. Arthur a-t-il déjà alerté le tuteur ? Ce sera un nouveau village, une autre ferme, d'autres paysans. Ou les murs d'un institut. Ou ceux d'un couvent de bonnes sœurs. Peut-être que je devrais me résigner et accepter la punition comme je l'ai fait quand le beau-père m'a avertie qu'on m'emmènerait. Je porte sur ma peau les traces de ce qui m'attend si j'essaie encore de forcer la main au destin. En même temps, je ne veux pas céder – autant aller jusqu'au bout.

Dans la cuisine, une chaise est renversée. Mon pied glisse sur l'une des pommes de terre écrasées qui jonchent le sol au milieu de débris de vaisselle et de verre. Je rince mon visage sous l'eau du robinet et me regarde dans la vitre. Mon front est meurtri, une coupure se détache plus nette sous la ligne des cheveux, mais il n'y a pas d'autres blessures visibles.

Je traverse le village sans prêter attention aux rares passants que je croise. J'ai l'impression qu'on scrute mon visage, la coupure, ma bosse sur le front. Je la touche et elle semble avoir grossi. Je dépasse les maisons et remonte la rue menant chez les Feld. J'impose à mes jambes un dernier effort. Si Noah ne peut pas partir tout de suite, je m'en irai seule et il me rejoindra quand il le pourra.

Assis sur le banc près de l'entrée, Reto se lève dès qu'il me voit, puis se fige. Il passe une main dans ses cheveux, secoue la tête. Il a les yeux de quelqu'un qui a peu dormi. « Tu cherches Noah ?

— Oui.

— Alors, j'ai une mauvaise nouvelle. »

La terre se dérobe sous mes pieds. Les points de douleur parsemés sur mon corps se réveillent les uns après les autres.

« Ce matin, son lit était vide. La moitié de ses vêtements a disparu.

— Mais... Ce n'est pas possible. Je devais...

— Il en parlait depuis longtemps. Apparemment, il s'est décidé. »

La tête me tourne, la sensation de revenir dans cette cave sombre, le bâillon dans ma bouche, la mélodie de Greta dans mes oreilles. « Je devais partir avec lui, je murmure.

— Je suis désolé. À nous, il n'a rien dit, il s'en est allé et voilà. Viens, je te raccompagne à la maison.

— À la maison ?

— Chez les Hauser.

— Il viendra me chercher..., je lâche malgré moi.

— Peut-être bien. » Il se tourne, lève la tête et regarde en direction de la chambre de Noah. Les rideaux flottent au vent. « Qui sait ? »

*

L'odeur de sueur animale. Le son des cloches. Le balai gratte le sol, amasse les brindilles de foin contre la paroi. Ces gestes sont automatiques, le cerveau produit ses propres pensées, et je m'efforce de les tenir à distance. Les sanglots vont et viennent sans me laisser de répit.

Après l'étable, le poulailler. Après le poulailler, la cour. Le bois. Les lapins. À tout moment, je m'attends à voir Noah surgir du bois, le visage souriant, la main tendue vers moi. Le soir, je m'assois dans le champ derrière l'enclos du cochon. De là, on distingue la route qui serpente au bas de la colline jusqu'au croisement menant au village.

« Ida ? » dit une voix dans mon dos.

Konstantin s'approche, souriant. Mon cœur s'accélère dans ma poitrine. « Tu as des nouvelles ? je demande.

— Des nouvelles ?

— De Noah.

— Non, je... je suis seulement passé pour savoir comment tu allais. Au village, il se passe beaucoup de choses. Arthur a emmené Greta à l'hôpital de la vallée. Le pasteur est toujours plus malade. Et pour Noah, t'es déjà au courant. Bref, il y a une sale ambiance. Et personne ne s'inquiète de te savoir toute seule ici.

— Noah ne t'a rien dit avant de partir ?

— Non, désolé. À part le fait que tôt ou tard, il le ferait. Pourquoi ? »

Je sens les mots « je devais partir avec lui » se former sur ma langue, mais je ne les prononce pas.

« Ne sois pas triste, reprend Konstantin. Je sais que vous étiez copains, mais moi, je suis encore là. Je serai ton ami, dorénavant.

— Tu es gentil.

— Sûre que tout va bien ?

— Je suis seulement fatiguée.

— Je t'ai apporté quelque chose. »

Il me tend un trèfle à quatre feuilles, le plus grand que j'aie jamais vu. « Je sais que je t'en ai déjà donné un. Mais celui-ci est plus beau. Pour le conserver, il faut le faire sécher entre les pages d'un livre.

— Merci, Konstantin.

— Tu y crois, aux trèfles à quatre feuilles ?

— Je sais pas. Pas vraiment, en fait.

— Tu verras, celui-ci te portera chance. »

*

La fenêtre est ouverte sur la nuit. Attentive, je m'accroche à l'espoir du moindre bruit. Les heures passent, mais je n'entends aucun sifflement, aucun tir de fronde, aucune voix. Le temps d'un battement de paupières et c'est déjà le jour : l'aube tiède et mauve, le soleil se profilant à plat derrière les montagnes.

Je fais ma tournée pour nourrir les animaux, puis je m'allonge sur la paille de l'étable. Je n'arrive toujours pas à croire que Noah m'ait abandonnée. Qu'il soit parti sans moi. Il a un plan, c'est sûr, il reviendra me chercher. On a fait un pacte. *Ensemble. Tous les deux ou aucun de nous deux.* Je dois rester confiante et faire preuve de patience.

Arthur est de retour en milieu de journée. Il est épuisé, méconnaissable. Il s'enferme dans sa chambre où il se met aussitôt à ronfler. Quelques heures plus tard, je le trouve assis à la table de la cuisine avec une bouteille déjà entamée.

Le reste de l'après-midi se passe entre une tâche et l'autre, je tue le temps. Je balaie la cour et nettoie l'étable. Je trais les vaches et m'occupe de la cage à lapins.

Quand je reviens, Arthur n'a pas bougé, toujours assis au même endroit. « Viens me voir, dit-il. Je suis désolé pour ce qui s'est passé... » Il articule avec peine. Sa tête dodeline. « J'aurais jamais dû vous laisser seules toutes les deux. » Il remplit son verre. « C'est ma faute. Tout est de ma faute. J'aurais dû faire plus attention. » Il boit une gorgée, un accès de toux fait remonter le liquide qu'il recrache. Sur la table, des éclaboussures rouges se mêlent aux gouttelettes transparentes. « Regarde. Regarde dans quel état je suis. Et je devrais encore m'excuser et me justifier auprès de toi. Pourquoi donc ? Pour quelle raison ? Et à moi, qui me demandera pardon ? Quand je tousse, mes boyaux se déchirent. Je ne peux plus boire ni manger sans avoir le goût du sang dans la bouche. Pourtant, je continue de travailler. Tant que mes bras en auront la force, pourquoi s'arrêter ? Et même si la force venait à me manquer, je continuerais. Est-ce que j'ai le choix, moi ? Non, mais je continue de m'excuser. Au lieu de faire comme tout le monde et de prendre le peu que me donne la vie. »

Je le fixe sans répondre. Son visage paraît s'être allongé, ses joues se sont creusées. Les pommettes saillent, blanches, sous la lumière de la suspension.

Arthur essaie de remplir son verre mais la bouteille est vide. Il tousse et vacille jusqu'à la porte. Un filet de sang coule de sa bouche. « Je vais au village. Je vais me soûler comme il faut. »

*

La voiture a freiné, m'enveloppant de poussière. Une fois qu'elle fut retombée, j'ai aperçu ma mère par terre au bord de la route. La voiture avait roulé sur la bicyclette, mais avait pu l'éviter, elle. Le chauffeur est descendu et m'a aidée à l'asseoir. Elle allait bien, juste étourdie parce qu'elle s'était cogné la tête. Elle ne savait pas où elle était, ni ce qui s'était passé. Le monsieur nous a fait monter dans sa voiture et nous a raccompagnées à la maison. Le beau-père n'était pas là, il travaillait à la centrale électrique. On a couché maman sur le lit. Le monsieur a dit que ça ne semblait pas grave, mais que, si elle n'allait pas mieux d'ici une heure ou deux, il faudrait appeler un médecin. Après ça, il s'en est allé. Maman m'a dit qu'elle ne voulait pas de docteur : elle était juste très fatiguée et avait besoin de se reposer.

Allongée dans ma chambre, je me blottis sous la couverture. Dehors, il fait nuit et l'air frais souffle par la fenêtre. Un vent mauvais est en train de se lever. Un orage gronde dans le lointain.

Il y a peu, Arthur est revenu du village. Ses pas hésitent, vont et viennent entre sa chambre et la mienne. Par deux fois, il a posé sa main sur la poignée sans ouvrir la porte. J'entends sa respiration rauque comme de l'air se faufilant dans un tuyau rouillé.

J'observe le mouchoir à la lumière de la bougie : les

initiales brodées, la tache de sang de mon pacte avec Noah. J'ai voulu la faire disparaître, mais je n'ai réussi qu'à la décolorer. Je déplie le mouchoir sur le matelas, ouvre ma main et pose mes doigts dessus.

Peu importe, désormais. De toute façon, je l'ai su dès que le beau-père m'a annoncé qu'il me confiait à l'État. Peut-être que j'aurai encore droit à des moments heureux dans ma vie. Mais pas maintenant, pas avant d'avoir payé mes fautes jusqu'au bout. Si j'avais insisté pour appeler un médecin, sans doute que les choses se seraient passées autrement. Je n'avais pas besoin des reproches du beau-père pour le savoir. Mais maman répétait qu'elle allait bien, qu'elle était juste fatiguée, que les médecins coûtent cher... Le conducteur de la voiture lui-même n'était pas inquiet. Comment pouvais-je imaginer, moi, qu'à l'intérieur de sa tête le sang s'écoulait et faisait pression sur son cerveau ?

« Pardonne-moi, je murmure. Pardonne-moi, maman. » Pour ne pas avoir appelé le médecin, mais surtout pour avoir freiné, pour t'avoir laissée seule sur cette route. « Pardonne-moi. Pardonne-moi. »

Les pas d'Arthur résonnent à nouveau sur le palier. La poignée s'abaisse et la porte s'ouvre.

Mon esprit prend la fuite et s'évade. Je m'échappe de cette chambre, un rayon de soleil m'éblouit ; la main de Noah serre la mienne et me guide à travers un champ de blé, ses cheveux blonds flottent au vent et, au-delà du champ, une route menant Dieu sait où.

Seconde partie

Le village

11

Le village gît dans un lac de brouillard. Le vent souffle au ras du sol, balayant les rues désertes, griffant les cloisons en bois des habitations.

Dans le nouveau quartier – quelques maisons modestes construites à la va-vite dans une cuvette boueuse – Anne Reus se réveille d'un cauchemar. Son corps en sueur, long et maigre, tremble sous la chemise de nuit. Elle se lève et traverse la maison en silence, la pointe de ses pieds sur le sol froid. Elle pénètre dans la chambre où dort Nadia, sa fille de quatre ans. Anne s'agenouille et caresse les joues de la petite, ses doigts remontent jusqu'à la tempe où un trou dans sa chevelure dessine un îlot pas plus grand qu'un pouce.

Même endormie, un sourire serein éclaire son visage. Anne la soulève délicatement, emmitouflée dans le drap, et embrasse son front. Elle l'emmène dans sa chambre, la couche dans le lit et se faufile sous les couvertures. Elle s'endort, réconfortée par la chaleur de ce petit corps.

*

« J'ai entendu parler d'un garçon en famille d'accueil qui s'est pendu dans le grenier du paysan, dit Konstantin en posant un nouveau rondin sur le billot.

— Les Hauser ne sont pas des monstres, répond Noah.

— Peut-être. Mais ça te plairait de vivre chez eux et de devoir leur obéir ? »

L'autre s'essuie le front et lui passe la hache. « Ça me plairait plus que pourrir dans un institut, en tout cas.

— On fait une pause ? J'ai faim. » Konstantin entre dans la ferme et revient en jonglant avec deux pommes. Il en lance une à son ami qui l'attrape et croque dedans.

Noah a 14 ans. Ses cheveux blonds lui viennent de son arrière-grand-père ; après avoir sauté deux générations et ignoré son frère Reto, cet héritage lui est revenu. Konstantin est du même âge, chevelure rouge carotte et taches de rousseur, un peu moins grand, mais large d'épaules.

Ils mangent leur pomme à l'ombre du toit de la ferme.

« Elle est jolie, tu sais, dit Konstantin.

— Inutile de me le préciser. Je le vois dans tes yeux.

— J'espère qu'ils la traitent correctement.

— Tu devrais espérer le contraire, comme ça tu pourrais aller la sauver.

— Un de ces jours, j'irai chez monsieur Hauser lui demander si je peux l'aider à la ferme. Peut-être qu'il me présentera la fille.

— Travailler gratuitement pour monsieur Hauser ? T'es fou !

— Mais avant, je voudrais savoir d'où elle vient, quel âge elle a. Tu pourrais le demander à ton père ?

— Qui te dit qu'il en sait quelque chose ?

— Lui ? Il est au courant de tout. »

Haussement d'épaules. « Je verrai ce que je peux faire. Elle vient d'arriver, aie un peu de patience. »

Konstantin met le reste de la pomme dans sa bouche, mâche et recrache la queue.

« Avec de la patience, dit Noah, peut-être qu'un jour elle deviendra ta femme.

— Si seulement ! Ou peut-être que ce sera la tienne et j'en mourrai de jalousie. »

Noah fait une grimace, son regard se perd dans le lointain.

« Qu'est-ce que j'ai dit de mal ?

— Rien que d'imaginer le mariage et de rester cloué dans ce trou toute la vie, j'en ai la chair de poule.

— Qu'est-ce que tu voudrais faire d'autre ? »

Noah indique la vallée, d'un signe de la tête. « M'en aller. Vivre en ville. J'y pense depuis que j'ai terminé l'école. J'ai une seule vie et je ne veux pas la passer au milieu des bouses de vache.

— T'es pourtant bien, ici. Ton père a une bonne ferme. Avec votre laiterie, vous avez de quoi vivre plus que convenablement, ton frère et toi.

— Reto serait le premier à être content si je m'en allais.

— T'exagères. Tôt ou tard ça lui passera, tu verras. Il pourra pas t'en vouloir toute la vie, non ? »

Noah se dirige vers le tas de bois. « Allez, dépêchons-nous de finir, comme ça on pourra jeter un œil à la ferme des Hauser. Je veux voir si la nouvelle est aussi belle que tu le dis. »

*

Wolfgang Reus, connu dans le village comme « Wolf », ajoute une bûche sur le feu. Les étincelles dansent dans la cheminée.

Bastian Feld est assis à table, le bout de ses doigts tambourine sur la surface en bois. Une table solide, faite pour durer trois vies comme tous les meubles fabriqués par Wolf. Même si ces derniers temps certains ont commencé à se plaindre de la qualité. « Navré d'en être arrivé là », dit-il.

Les deux hommes ont la quarantaine. Bien qu'ils se ressemblent dans leur stature et leur allure, ils ne pourraient paraître plus différents l'un de l'autre. Bastian est rasé de frais, il a le regard vif et ses cheveux grisonnants sont coiffés avec soin derrière les oreilles. Wolf ressemble à un homme qui n'a plus de toit sur la tête depuis des semaines.

« Tu devrais prendre soin de toi, dit Bastian.

— Je m'en fous. Mon aspect reflète ce que je ressens.

— Ce n'est pas de ta faute. Arrête de te tourmenter.

— Tu sais comment les gens me regardent ? Comme si j'étais sorti du cul d'un bœuf. » Il pose une enveloppe sur la table.

Bastian jette un œil à l'intérieur, fait la moue.

« Les affaires ne vont pas bien, dit Wolf.

— Reto n'est pas expert en menuiserie. Il essaie de faire de son mieux, mais...

— Ton fils fait de l'excellent travail. Pour sûr, il ne me fait pas regretter ce bon à rien d'Emil. Non, le problème, c'est moi. Depuis qu'Emil est parti, je n'y suis plus avec la tête. Sans compter cette dispute avec ma femme... Il ne manquerait plus que je la perde, elle aussi. Je pensais que son éloignement était temporaire, mais elle est encore chez sa sœur.

— Tu ne peux pas lui en vouloir. Elle reviendra dès que tu seras remis.

— Elle, oui. Mais Emil...

— Tu espères toujours ? »

Le corps de Wolf semble se dégonfler, sa tête paraît soudain trop lourde pour son cou. « Je ne sais plus ce que j'espère. Ce qu'Emil a fait est impardonnable. »

Masqué par le bord de la table, Bastian prend quelques billets de sa poche et les ajoute à ceux dans l'enveloppe. « Pour l'instant, les sous suffiront, dit-il. »

Ils sortent de la maison, échangent une poignée de main. Le ciel est sombre, des gouttes éparses flottent dans l'air.

« Si tu es d'accord, je voudrais dire deux mots de cette affaire à la prochaine assemblée du village, dit Bastian. Juste pour clarifier dans quel camp je suis.

— Merci mon ami.

— Quand les temps sont difficiles, il faut se serrer les coudes.

— Remercie encore Reto pour son aide. Je te promets que je vais y mettre du mien pour remonter la pente. Puis, je te le rends. Toi au moins, tu as su élever deux fils intègres.

— Arrête maintenant, allez. »

Wolf lève les mains. « Je m'occupe de l'enveloppe. »

La pluie se met à tomber plus fort. Un éclair fend le ciel au-dessus de la crête de la montagne. Wolf avance le long de la route principale du village et tourne à gauche, vers la cuvette où s'étendent, côte à côte, les nouvelles maisons. Il s'arrête devant la dernière habitation et se laisse mouiller par la pluie battante, cherchant son courage avant de frapper.

*

Nadia a la chevelure de papa Emil, épaisse et bouclée : elle offre aux poux un terrain propice plein de cachettes. Anne sépare les cheveux de sa fille avec les dents métalliques du peigne.

« On a fini, maman ?

— On vient de commencer. Sois patiente.

— Je n'aime pas qu'on me touche la tête.

— Tu es comme ton père. La moindre caresse l'agaçait.

— Aïe ! Tu me fais mal.

— Tu préfères que la maîtresse te rase devant toute la classe ? »

Elle lui fait pencher la tête de côté. La calvitie du diamètre d'un pouce dessinée sur la tempe se détache de son profil. À l'école, les enfants se moquent d'elle et certains adultes encore plus idiots appellent ça *la marque du diable*. Mais aux yeux d'Anne, cette particularité rend sa fille encore plus belle.

De légers coups à la porte se superposent au martèlement de la pluie.

« Ne bouge pas », dit Anne.

Trempé, Wolfgang Reus se tient sur le seuil. Il remue les bras, dégoulinant de partout.

Anne lui fait signe d'entrer. « Je suis occupée, mais tu peux t'asseoir au sec et te préparer un thé. »

Il regarde par terre, déplace son poids d'une jambe sur l'autre. Il sort l'enveloppe de sa poche. « Ça te dépannera, le temps que ce fumier revienne.

— C'est gentil, mais je ne peux pas accepter.

— S'il te plaît. Je sais que vous en avez besoin. »

Anne prend l'enveloppe et en lisse les coins du bout des ongles.

« Mon garçon ne s'est jamais plu au village, dit Wolfgang.

— Dans cette maison non plus, je crains.

— Ne te méprends pas, ce n'est pas une excuse et j'en prends toute la responsabilité. Je dois l'avoir mal élevé.

— Ne dis pas de bêtises, tu n'y es pour rien. Chacun est responsable de ses propres choix.

— Mais ce sont aussi des fils et des filles, ils appartiennent à un lieu, à une famille et tous devraient vivre selon les valeurs qu'on leur a enseignées. »

L'ombre de Nadia apparaît sous le porche. « Bonjour grand-père. J'ai des poux. »

Anne lui pince la joue. « Des petits monstres gras et moches dans les cheveux. »

Wolf croise le regard de la petite sans pouvoir le soutenir.

« Mourir dans le lieu où l'on est né a toujours été vu comme une bonne chose. Aimer une seule femme, élever ses enfants, être un homme droit et honnête. À présent, les jeunes foutent le camp. J'imagine que tout ça n'est plus suffisant pour eux. » Il salue et s'en va.

Anne referme la porte sur l'orage. Elle prend le peigne, mais avant de le passer dans les cheveux de la petite, elle la serre contre elle et lui fait un *prout* sur le cou. Nadia éclate de rire.

Les joues d'Anne reprennent les couleurs que lui a volées l'air froid du soir.

« Pour moi, c'est plus que suffisant », dit-elle à voix basse.

12

La lumière de l'aube peine à percer le brouillard et le lac est une dalle en ardoise. Théodore dépose les fleurs sur la rive. Il met un caillou sur les tiges pour qu'elles ne s'envolent pas.

Le vent chuinte et froisse la superficie de l'eau. Le charbonnier écarte les cheveux de son visage. Les années se sont montrées sévères à son égard : la peau flasque des pommettes est striée de couperose, son œil gauche est borgne, ses lèvres sont minces et pâles. Il plisse son œil valide pour scruter au-delà de la brume qui a englouti la rive opposée. Il pourrait y avoir un océan face à lui, ce serait pareil.

Il dépasse le cabanon des Feld et entame la descente. Le sentier sinue entre les arbres épars qui, peu à peu, se rassemblent et deviennent une forêt. Il respire à pleins poumons l'odeur de terreau et d'écorce mouillée. Il débouche dans une clairière où se trouve une maison de bois comme accroupie dans la végétation, camouflée par la couleur sombre du bardage qui se confond avec les troncs des arbres.

À l'intérieur de la bâtisse, les braises de la cheminée offrent un îlot de chaleur où dort un berger allemand. Lui aussi, comme son maître, porte les stigmates du temps.

Théodore caresse le dos du chien du bout des doigts. Il ne veut pas le réveiller. Un long chemin les attend et, bien que Rudi connaisse cette forêt où il a grandi, il est devenu trop vieux pour endurer l'effort. L'hiver passé, il s'est arrêté, la respiration sifflante, fixant son maître d'un air coupable qui lui avait brisé le cœur.

Théodore remplit son écuelle et la pose près de la fenêtre. La maison est vide, le plancher grince sous ses pieds lorsqu'il pénètre dans la chambre. Les habits de Catherine sont rangés avec soin dans le tiroir de l'armoire. Il déplie une nappe sur le lit, pose les vêtements dessus pour en faire un ballot.

Une larme coule de son œil borgne. Il l'essuie avec un doigt. Jeunes mariés, leur vie avait été marquée par le désir d'avoir des enfants, mais le Bon Dieu était resté sourd à leurs prières. C'est seulement quand ils s'étaient résignés que le miracle était advenu : Catherine était tombée enceinte d'Anne.

Théodore s'assied à table et s'assoupit.

Les aboiements de Rudi le réveillent. Il sort de la maison et rassure le chien, lui murmurant qu'il a fait bonne garde. « C'est la fille de chez les Hauser. Elle nous apporte le lait. »

La fille dit s'appeler Ida. C'est un beau prénom, Ida. Greta a raison, elle est plutôt grande, et quelques retouches aux habits suffiront. Théodore l'imagine porter une des chemises de Catherine et son cœur s'accélère.

Il retourne à l'intérieur récupérer le ballot. Il hésite, puis défait le nœud et retire de la pile le chemisier blanc avec les broderies à motifs de fleurs sur le col. Il le remet en place dans l'armoire et, tandis qu'il ferme le tiroir, il revoit le cercueil qu'on a déposé en terre un jour de pluie. L'agitation dans sa poitrine cède la place à ce vide que Théodore connaît bien et avec lequel il a appris à vivre.

Après avoir pris congé d'Ida, il prépare son sac à dos et se met en route.

La forêt s'ouvre sur une clairière recouverte de ronces et de mauvaises herbes, là où se trouvaient les charbonnières à l'époque où il travaillait le sourire aux lèvres et la chaleur de la tendresse tatouée sur la peau. S'il levait le regard, il pouvait apercevoir les volutes s'échappant de la cheminée de leur maison. Combien de fois n'avait-il pas senti les mains de Catherine se poser sur ses yeux et ses lèvres embrasser sa nuque. Désormais, les mauvaises herbes lui arrivent aux genoux. Et sur sa peau, il n'éprouve que du froid.

Après deux heures de marche, Théodore débouche sur une crête et ôte son sac pour soulager ses épaules. Plus bas, au pied de la colline immergée dans le brouillard, on devine une ferme décrépite.

La paysanne est âgée et vit là avec son fils cadet. Elle a deux vaches, une chèvre et ce qui reste du cochon qu'elle a tué l'hiver passé. Elle salue Théodore avec une main à laquelle il manque deux doigts, et l'accompagne dans la grange.

Théodore retire une lourde bâche humide sous laquelle la paysanne le laisse entreposer sa charrette en échange d'un peu de combustible. Il récupère l'engin et le pousse jusqu'en haut de la colline. Il s'arrête pour reprendre son souffle, avant de se diriger vers le bois.

*

La « Nouvelle ». C'est ainsi qu'ils l'appellent au village.

Bastian Feld connaît bien la question des enfants placés : ils sont des milliers disséminés entre les Alpes et les campagnes suisses, de l'Oberland bernois aux terres de Fribourg, de l'Emmental aux vallées profondes du Tessin. Dans le village, il y en a deux : Fritz Oetterli qui, devenu un homme, est sur le point de se marier et Miriam Ruth, une jeune enfant timide qui semble avoir conquis l'affection de ses nouveaux parents. Deux cas où le placement en famille d'accueil – du moins en apparence – donne raison à la politique adoptée par l'État. Mais il y a aussi les histoires dramatiques comme celles du garçon qui s'est pendu. Là aussi, allez savoir : le bruit court qu'il s'est passé la corde autour du cou pour oublier ce qu'il avait subi auparavant, quand il était enfermé en maison de correction.

Maintenant, cette jeune fille est arrivée et le paysan qui l'héberge, Arthur Hauser, vient la lui présenter. Une brève visite, a-t-il promis, mais Bastian soupçonne une autre raison. Il suit du regard le paysan et la jeune fille remontant vers la ferme. Elle est grande et robuste, presque trop pour son âge. Bastian lui donnerait seize ans alors que les documents fournis par le tuteur indiquent qu'elle n'en a que treize.

Il bourre le tabac dans sa pipe et se demande à nouveau quels sont les véritables motifs de cette visite. La réponse ne tarde pas à arriver. Après les salutations et les présentations d'usage, Arthur demande à la fille de sortir. « Je dois te parler d'une chose importante, dit-il.

— Tiens donc », fait Bastian et il l'invite à s'asseoir. Il prend une bouteille de *plümfli* et remplit deux verres.

Arthur secoue la tête. « Vaut mieux pas. »

Bastian garde le bras tendu, il connaît la chanson.

Arthur ajoute : « Greta m'engueule », « c'est une mauvaise habitude », « je ne voudrais pas passer pour un malpoli », et finit par accepter, plongeant le nez dans le verre pour en faire monter le parfum jusqu'à son cerveau.

« Alors ? dit Bastian.

— Il s'agit d'Emil Reus. Est-ce que des gens au village croient encore qu'il reviendra ?

— Quelques-uns. Très peu, à vrai dire.

— À moins d'échanger son nom avec celui de Lazare, je pense qu'on ne le reverra plus.

— Qu'est-ce que tu insinues ? »

Arthur baisse la voix : « Il y a quelque temps, j'ai entendu Théodore, le charbonnier, faire des confidences à Greta. Et comme par hasard, quelques semaines plus tard, Emil disparaît dans la nature.

— Qu'as-tu entendu ?

— Qu'Emil est le diable. Il lui a d'abord pris sa fille, puis sa femme. Qu'il ne le laisserait pas s'en sortir comme ça.

— Ce n'est pas nouveau.

— Il y a des années, peut-être. Mais moi, je l'ai entendu récemment.

— Pourquoi tu me dis ça maintenant ? Emil a disparu il y a trois mois. »

Arthur sirote le *plümfli*. Il le garde dans sa bouche comme un homme qui en a oublié le goût et se souvient de combien il l'apprécie. « Ce ne sont pas des choses qu'on répète à la légère. Je voulais attendre, des fois qu'Emil revienne et que je passe pour un con.

— Que dit Greta ?

— Tu sais combien elle était liée à la femme de Théodore. Maintenant que Catherine n'est plus là, elle s'est prise d'amitié pour le vieux. Elle est de son côté. »

Bastian émet un long soupir. « Avec tout le respect, je pense que tu te trompes. Emil est parti de son propre chef. Je veux bien te croire, mais Théodore aura dit ces paroles en l'air. À l'époque, il a fait une promesse au pasteur Ueli et à moi-même.

— Quatre ans ont passé...

— Une promesse est une promesse.

— Quatre ans pendant lesquels il n'a plus mis les pieds au village, même pas pour ramasser notre bois. Il préfère se casser le dos et se rendre aux fermes des villages voisins plutôt que de venir chez nous. Comment peut-on savoir ce qui se passe dans la tête d'un homme qui vit seul depuis si longtemps ? Tu crois qu'il s'inquiète d'une promesse faite à un vieux pasteur incapable de faire la différence entre le Christ sur la croix et un épouvantail ?

— Ne blasphème pas dans ma maison. »

Arthur frotte ses mains et lui montre ses paumes. « Je m'en

fiche d'Emil comme d'une bouse de vache. Mais si au lieu de faire la noce dans les bistrots de Zürich, il est enterré dans les bois, il est juste que la vérité ressorte. Moi, je t'ai dit ce que je sais, maintenant, c'est à toi de voir.

— Je vais y réfléchir et puis je déciderai s'il faut intervenir, et quand. Cette semaine, il y a une réunion chez Aeberhard. Je te prierais de ne pas en profiter pour répéter ça au reste du village. La situation est déjà assez délicate comme ça.

— Le répéter à qui ? À des gens qui parlent dans mon dos et me méprisent parce que j'ai deux vaches de moins qu'eux ? Bien que tu ne me sois pas trop sympathique, tu es une des rares personnes que je respecte. Maintenant, je retourne à ma ferme. Au revoir. » Il fait mine d'enlever son chapeau et fait une révérence. « Monsieur le Maire. »

*

Noah charge sa fronde et laisse partir le projectile. Il aime l'entendre siffler dans l'air : dès l'instant où le caillou quitte l'élastique, la cible n'a plus aucune chance.

Dans son dos, une voix timide demande : « Tu es capable de le refaire ? »

La « Nouvelle ». Il l'a déjà observée de loin, à travers les arbres. Les détails lui ont été décrits par la voix émue de Konstantin. La voir de près, c'est autre chose, les mots ne rendent pas justice au dessin léger des taches de rousseur sur ses pommettes, à ses yeux vert émeraude.

Du coup, son deuxième tir part de biais. Pour se ressaisir,

il cherche l'apaisement là où il l'a toujours trouvé, dans la certitude que le village n'est que la première étape de son parcours, dans une sorte d'indifférence à ce qui l'entoure : quoi qu'il dise ou fasse ici, dans le grand jeu de l'existence, ça comptera pour du beurre. Il ressent le besoin de le dire à Ida, qu'elle le sache, elle aussi : « Je m'en irai bientôt. »

La fille ouvre grand les yeux, elle paraît impressionnée. Pour Noah, c'est nouveau, d'habitude on lui adresse des sourires condescendants. Le seul à l'avoir pris au sérieux jusqu'à présent a été Konstantin.

Noah garde un œil sur la route menant à la ferme. Quand il voit apparaître Reto, d'un mouvement discret, il se rapproche d'Ida. Mais c'est à peine si son frère fait attention à eux.

« Qu'est-ce qu'il a ? » demande-t-elle.

C'est une question à laquelle il ne peut répondre précisément. Si elle fait allusion aux rapports entre les deux frères, il faudrait répondre d'une façon. Si est elle est posée dans le sens de « qu'est-ce qui lui prend ces derniers mois », la réponse est plus simple : « Il se comporte de façon bizarre depuis quelque temps. Plus ou moins depuis qu'Emil Reus a quitté le village. » L'enthousiasme de Noah cède soudain place à une sorte d'agitation intérieure. Les mots se bloquent dans sa gorge et il ne trouve rien de mieux à faire que de charger sa fronde.

L'arrivée de monsieur Hauser coupe court aux questions sur les états d'âme de son frère : un homme qui s'occupe de ses affaires, vivant à l'écart avec sa femme et ses bêtes, et quittant sa ferme seulement pour se rendre à l'office. Au village, il n'a pas d'amis et les habitants sont soulagés de ne pas devoir le fréquenter. Noah n'en sait pas beaucoup plus sur lui, sauf que ses yeux et ses bras sont ceux de quelqu'un qui sait se faire obéir.

Noah charge sa fronde et vise la tête du paysan. Il le suit pendant quelques mètres avant de viser le seau et de laisser partir son projectile.

13

Quelques jours après la visite d'Arthur, Bastian Feld reçoit la livraison de lait de la ferme Orwhal. Brigitta Orwhal – une femme avec deux boulets de canon en guise de seins – le suit dans la laiterie et se lance dans sa sempiternelle avalanche de doléances concernant son mari.

Bastian immerge le thermomètre dans la chaudière pour vérifier la bonne température du lait, y ajoute la présure et se met à brasser. Derrière la fenêtre, la journée est sans reliefs, un ciel peint avec la grisaille de la mélancolie. Bastian regarde au-dehors, absorbé dans ses pensées. La voix de madame Orwhal flotte deux mètres au-dessus de sa tête.

« Il a dit qu'il allait à la traite et, au lieu de ça, je l'ai trouvé assis sur son tabouret qui ronflait la bouche ouverte, la joue appuyée contre le flanc de la vache. »

Bastian achète aux Orwhal un quota de lait à bon prix qu'il ajoute au sien pour faire du fromage. En contrepartie, il lui faut supporter les lamentations de Brigitta. Prêter l'oreille au mécontentement des villageois est un fardeau qu'il partageait avec le pasteur. Ueli se chargeait des litiges matrimoniaux, et lui s'occupait des questions pratiques : contentieux entre voisins, rapports avec les autorités. Mais depuis que les mites se sont installées dans le cerveau du pasteur, il prend désormais sur lui la charge entière.

« Je ne peux m'en prendre qu'à moi-même si je l'ai épousé, aucun doute là-dessus, continue Brigitta Orwhal. Quand il était jeune, il se donnait de la peine, et puis c'était un sacré bel homme. Alors que maintenant... Vous m'écoutez, monsieur Feld ? »

Bastian bat des paupières, détourne son regard de la fenêtre. « Navré, Madame. J'ai plein de choses qui me trottent dans la tête, moi aussi.

— C'est normal, un homme avec vos responsabilités a bien le droit de laisser vagabonder son esprit de temps à autre.

— Il s'agit de mon fils, Reto.

— Oh, un brave garçon, Reto ! Il a fait quelques bêtises mais c'est du passé. Il y a ceux qui se bonifient avec le temps et les autres. Tenez, mon mari, par exemple : le visage écrasé contre le ventre d'une vache, bavant et ronflant ! Il y a des jours où il ne lève pas le petit doigt, mais le travail doit quand même se faire. Et devinez qui s'en charge ?

— Vous devriez lui en parler. Lui dire que cela ne vous convient pas. Peut-être que ça l'inciterait à se bouger.

— Je risque seulement de tout faire empirer.

— C'est-à-dire ?

— Si un jour je devais renaître, je préférerais rester vieille fille, c'est moi qui vous le dis. Au revoir, Monsieur le Maire. »

Elle s'évente avec sa main, salue et sort de la ferme d'un pas déhanché faisant onduler sa chair abondante.

Plus tard, Bastian se rend à la boulangerie. Outre le pain, on y vend aussi des caramels à la crème à s'en lécher les babines. Sur le chemin du retour, Il s'arrête au cimetière.

Il s'agenouille devant la tombe de sa femme Erika qu'il a enterrée voici quatorze ans. Il embrasse le bout de ses doigts et touche la stèle. « Ce soir, je parlerai à Reto, dit-il. On a perdu l'habitude de discuter, lui et moi. Il faudra que j'ôte ce poids de ma conscience sinon je finirai par le regretter. Je sais que tu es de mon avis, je parlerai en ton nom, aussi. » Il ferme les yeux, inspire profondément. « Et puis, je... je devrais rendre visite à Théodore, mais je n'ai pas le courage. Le problème n'est pas de lui poser des questions, non. La vérité, c'est que j'ai peur d'entendre ses réponses. »

Bastian est assis sur la chaise à bascule du salon. Il allume sa pipe et ouvre un roman de Karl May qu'il a déjà lu et relu.

Il ne dit rien lorsque Reto pousse la porte de la maison et se dépêche de monter les escaliers avec la grâce d'un ours. Il l'écoute faire du bruit à l'étage, dans la chambre qui a toujours été la sienne depuis son berceau fabriqué par Wolfgang Reus ; berceau que Bastian a donné à de jeunes mariés une fois Noah devenu grand. Il n'y aurait pas eu d'autre bébé pour y dormir.

Reto descend les escaliers, propre sur lui. Les cheveux coiffés, chemise dans le pantalon.

« Comment ça va chez Wolfgang ? demande Bastian.

— J'ai encore mes dix doigts, fait son fils en lui montrant ses mains.

— Je te parle sérieusement. Le travail te plaît ?

— Je le fais pour dépanner, papa. Je préfère la ferme et le fromage.

— Si tu aimais davantage travailler le bois, il n'y aurait rien de mal à ça.

— Ce n'est pas le cas.

— Je ne parle pas seulement de menuiserie et de fromage. Tu n'as jamais eu envie de faire autre chose dans la vie ?

— Tu me dis ça maintenant que j'ai appris le métier ?

— Tu es assez jeune pour l'oublier et en apprendre un nouveau. Un travail qui n'existe pas au village et pourrait t'intéresser. »

Reto lève les yeux au plafond. « J'ai compris. C'est à cause d'Emil.

— Réponds-moi.

— Je ne suis pas Emil, papa.

— Non, bien sûr. D'abord, tu n'as pas les responsabilités qu'il avait. Pas de bouches à nourrir et aucune promesse faite devant notre Seigneur. Je dis seulement que là dehors, il y a le monde, et c'est normal d'être curieux, spécialement pour un garçon aussi intelligent que toi.

— Mais ici, c'est chez moi. Et si un jour je pouvais faire ce que tu fais pour le village et ses habitants, j'en serais heureux et honoré. Maintenant, si tu permets...

— Où vas-tu ?

— Je t'ai dit que je suis heureux ici au village, non ?

— Et alors ?
— Alors, le bonheur ne tombe pas du ciel. »

*

« Je vous ai apporté des petits fromages frais », dit Reto en affichant son plus beau sourire.

Anne tend le cou à l'extérieur de la porte. Elle jette des regards furtifs, personne dans les parages. Ses épaules se relâchent.

« J'aimerais pouvoir te dire que je les ai faits moi-même, mais ces derniers temps je vois plus de sciure que de lait. »

Anne appelle sa petite fille et lui passe l'assiette. « Porte ça dans la cuisine. Mais ne t'avise pas d'y toucher.

— Ils sont faits pour être mangés, non ? plaisante Reto.

— Ne lui mets pas ces idées en tête. Dans cette maison, on mange à l'heure des repas. »

Il bat des pieds sur le sol. « Il fait plutôt frais dehors...

— Je t'inviterais bien à entrer, mais je suis en train de cuisiner. Une autre fois, peut-être ?

— Une autre fois, d'accord.

— Merci pour le fromage.

— C'est la moindre des choses. Avec tout ce que vous traversez... »

Anne soupire. « S'il te plaît, non. Tout le monde me répète cette rengaine, tous veulent m'aider... C'est gentil, mais je ne souhaite pas être une victime pour le restant de mes jours.

— Je comprends que tu regardes vers l'avenir.

— Je n'en sais rien, mais une chose est sûre : une nuit je me suis réveillée et j'ai réalisé que je m'étais habituée à ne plus trouver Emil dans mon lit. C'est arrivé comme ça, d'un coup. »

Reto fait un pas vers elle. « À moi, ça ne me déplaît pas qu'il soit parti. Au contraire.

— Facile à dire. Tu n'as pas idée de ce que ça signifie, être marié, ce n'était pas une simple amourette d'adolescents.

— Mais à présent, il n'est plus là. Et bientôt, tu te rendras compte que c'est mieux ainsi. »

*

Le lendemain, Reto se rend chez Aeberhard après une longue après-midi passée à la menuiserie.

« Chez Aeberhard », c'est le seul bistrot du village et il n'a jamais eu besoin d'une enseigne. Sa seule publicité est celle des épouses venant y chercher leur mari ivre qu'elles traînent dehors par une oreille. À l'origine, le bistrot était le rez-de-chaussée spacieux de la maison de Tim Aeberhard. Lui et ses amis s'y retrouvaient quand ils décidaient de faire la bringue ou simplement de jouer aux cartes. Ils prévoyaient une cagnotte, achetaient des réserves de bière et d'alcools. Qui ne contribuait pas payait son verre. Jusqu'à ce que le 15 juin 1933 – date qui resterait dans les annales du village – Tim organise une grande fête d'inauguration. Il avait accueilli les invités derrière un comptoir en bois flambant neuf, affichant un large sourire, une étagère bien fournie en alcools dans son dos. On raconte qu'une des invitées avait prophétisé : « Ça, c'est le début de la fin ! »

Reto salue les garçons buvant à la table près de la porte – deux paysans et deux bûcherons de retour de coupe – et s'accoude au comptoir.

« Comment tu vas ? » demande Édith Aeberhard – une fille de 25 ans avec des joues comme des pommes rouges, célibataire et engagée corps et âme à poursuivre la mission de son regretté père.

« Ça ira mieux après une bonne bière fraîche.

— Je veux bien le croire. Pas facile de prendre la place d'Emil. »

Reto plisse les yeux. « Comment ça, *la place d'Emil* ?

— À la menuiserie.

— C'est provisoire. Le temps que Wolf se remette en selle et trouve un assistant.

— Dans ce cas, t'auras le temps de construire un pont en bois long jusqu'en Amérique », dit Édith. Elle lui indique le fond du local où Wolfgang est assis seul, un verre de kirsch à la main. Un filet de salive coule au coin de sa bouche.

« Il m'avait juré qu'il allait chez les Orwhal réparer la porte de leur écurie.

— Peut-être qu'il était en route et qu'il a eu soif. »

Reto le rejoint et lui arrache le verre des mains. « T'as vu dans quel état tu es ? T'as pas honte ?

— Mêle-toi de tes affaires, dit Sepp, un bûcheron au physique trapu. Tu n'es pas encore le maire du village.

— Qu'est-ce que t'as dit ? »

L'autre bûcheron se lève et sourit pour apaiser l'atmosphère. « Viens te joindre à nous, Reto.

— Vous ne voyez qu'un pauvre ivrogne, mais c'est moi qui me le coltine et travaille avec lui.

— On le sait. »

Reto s'assied. « Je le fais pour son bien.

— Le pauvre diable a juste besoin de temps, il croit que c'est de sa faute si Emil s'est tiré.

— Il n'est pas le seul, dit un des paysans. La moitié du village le pense.

— C'est parce qu'ils ne connaissaient pas bien Emil, répond Reto.

— C'est vrai, fait Sepp. Il a toujours été bizarre. Si seulement il avait eu la décence de se barrer avant de mettre Anne en cloque et de nous gâcher la fête. »

Reto s'apprêtait à boire, mais repose son verre. « Parle pas comme ça. Un peu de respect.

— Allez, merde, de nous tous, c'est toi le plus déçu. Dis que c'est pas vrai.

— Ferme ta grande gueule, voilà ce que je dis.

— Hé, intervient le second bûcheron. Si vous voulez vous battre...

— Je commence à en avoir envie, ouais, dit Reto, sans détourner les yeux de Sepp.

— T'as aussi envie de tremper ton biscuit dans l'épouse

d'Emil, mais d'après ce que je sais, il est encore au sec. Alors, tu m'excuseras si je me fous de tes envies. »

Reto se lève et fait craquer ses doigts. « Répète si t'as le courage.

— T'as aussi envie de tremper...

— C'est bon, intervient le bûcheron, mais allez faire ça dehors. »

Sepp et Reto se dirigent vers la porte, épaule contre épaule, sans échanger un seul mot.

Personne ne les suit.

Reto encaisse un crochet à la mâchoire, lâche un coup de pied sur le genou de Sepp qui gémit les dents serrées, et charge comme un taureau. Ils roulent dans l'herbe. Ils se battent derrière l'écurie des Petermann, là où se déroulent toujours les règlements de compte entre jeunes du coin. Grognements et bruits de coups se répercutent dans l'air. L'herbe s'aplatit sous leur poids. Les règles sont celles de toujours : pas de coups bas et interdiction d'enfoncer le visage du rival dans une bouse de vache.

Quand ils en ont assez, ils s'assoient dans l'herbe, haletants.

« T'es un vrai salaud », dit Reto. Son œil droit est déjà gonflé, sa lèvre saigne.

« Je sais, fait Sepp en vérifiant que toutes ses dents sont en place. Beau combat quand même.

— D'accord avec toi. »

Sepp regarde l'horizon, le ciel lie-de-vin au-dessus des

montagnes, la ligne de feu là où le soleil vient de disparaître. « Merde, c'était juste une blague. Anne est drôlement bien foutue, tout le monde rêverait de...

— Certaines blagues, vaut mieux les éviter, parce qu'après les gens colportent des ragots.

— Ce qu'ils peuvent colporter, c'est surtout ta réaction.

— J'aime pas qu'on dise du mal d'elle, c'est tout.

— Par contre, ça te dérange pas de critiquer notre vieux copain Emil. »

Reto crache un caillot de sang mêlé de salive. « Au diable Emil. »

Il se lève, frotte l'herbe sur ses vêtements. Il salue Sepp et s'éloigne, les dernières lueurs du jour dans le dos.

Sur le chemin menant à la maison, Reto sent une piqûre sur sa joue. Le projectile rebondit par terre : une baie sauvage.

« Dans le mille », dit Noah. Il est perché sur un arbre, la fronde dans ses mains. « Avec un caillou, tu serais déjà dans le monde des rêves.

— Je te donnerais bien une médaille, mais je l'ai laissée au jardin d'enfants. T'es plus un gamin pour jouer avec cette fronde. »

Son frère saute de l'arbre. « Et toi, t'es plus un gamin pour te battre avec tes copains. »

Reto touche sa lèvre fendue. « Tu sais pas qui m'a fait ça.

— Tu parles. J'ai tout vu, tout le spectacle au terrain Petermann.

— Je t'ai déjà dit de ne pas me suivre.

— Pourquoi vous vous êtes battus ?

— Ce sont mes affaires.

— Allez, dis-le moi.

— Ça ne te regarde pas. »

Noah se met à bouder. « De toute façon, j'en ai rien à faire de ce qui se passe dans ce trou.

— Nous y revoilà. Si ça te plaît pas, qu'est-ce que tu fiches encore ici ? Je ne vois aucun boulet attaché à ton pied. »

Arrivé au seuil de la ferme, Reto se retourne et regarde son frère, son casque de cheveux blonds ébouriffé par le vent — l'héritage de l'arrière-grand-père qu'il aurait pris volontiers s'il avait pu choisir. Sur le point de lui dire quelque chose, il renonce et pénètre dans la maison.

Il y trouve Bastian assis sur la chaise à bascule avec, dans les mains, l'habituel western de Karl May. Reto en avait choisi un au hasard dans la collection occupant une entière étagère de la bibliothèque, mais il avait abandonné la lecture après quelques pages. Non pas que l'histoire ne lui plaisait pas, mais parce que son corps se rebellait à un acte aussi passif. Il avait laissé tomber pour aller courir dans les bois et libérer son trop-plein d'énergie. Depuis, le livre est resté dans sa chambre, cela fait plaisir à Bastian. Mais Reto l'utilise seulement pour écraser les araignées.

« Papa ? »

Bastian lève les yeux. « Qu'est-ce t'as au visage ?

— C'est rien, une chamaillerie. Tout est arrangé.

— Belle manière de résoudre les problèmes.

— Dis, quand tu m'as demandé si je voulais quitter le village, tu étais inquiet pour moi ou pour Noah ?

— Ton frère est encore un gosse.

— Je sais qu'il en parle souvent, mais ça fait partie du rôle qu'il s'est inventé. Il joue à faire le rebelle.

— Je m'inquiéterai quand il sera assez grand pour prendre une telle décision.

— Il a juste de la peine à se faire des amis. Ou à les garder. C'est pour ça qu'il se comporte ainsi.

— Peut-être que l'ami qu'il souhaite dort dans la chambre à côté de la sienne. Tu ne vois pas qu'il cherche toujours à attirer ton attention ?

— J'ai six ans de plus.

— Tu es son grand frère. Ça compte, non ? Il t'admire, il l'a toujours fait.

— Bon, si tu veux... Je vais préparer le repas.

— Mais d'abord, nettoie ton visage, dit Bastian. Qu'on soit du même sang ne signifie pas que je veux le tien dans ma soupe. »

14

Le mercredi soir suivant, la moitié du village est réunie chez Aeberhard. On y boit des bières, fume des pipes, et on maudit le loup s'attaquant aux fermes de la région.

Bastian termine son verre, se lève et frappe dans ses mains. « Silence, s'il vous plaît. Avant de passer aux questions officielles, Wolfgang souhaite vous dire deux mots. »

Wolfgang éclaircit sa voix. Son allure d'épave ne s'est pas améliorée depuis que Bastian lui en a fait la remarque, bien au contraire. « Comme vous le savez, mon fils Emil a quitté le village il y a trois mois, lit-il sur un bout de papier froissé.

— De nuit comme un voleur, commente quelqu'un.

— Je n'en savais rien, continue Wolfgang. La journée, il était venu travailler comme d'habitude...

— En retard, dit une femme.

— ... Et la journée s'est déroulée normalement. Le lendemain matin, il avait disparu. Je ne veux pas lui trouver d'excuses, mais je dois avouer que ce garçon ne s'est jamais senti à sa place ici au village. Ça ne justifie pas les imbécillités qu'il a faites. Mais ça explique au moins pourquoi il a décidé de partir.

— S'il devait absolument partir, marmonne une voix, il

aurait dû le faire avant de baisser son pantalon et de causer les problèmes qu'il a causés. Ce mariage a été une honte, Anne dans l'église avec son ventre arrondi ! »

La salle s'emplit de murmures.

« Tu as raison, dit Wolfgang, et c'est bien là la question. Les jeunes gens se fichent de tout. Juste ou injuste, honte ou pas. S'ils ont une chose en tête, ils la font sans trop y réfléchir. »

Un vieux est assis dans le coin, sa pipe monte et descend dans sa bouche comme s'il la mâchait. « N'emploie pas le pluriel, dit-il d'une voix rauque. Ton Emil était une pomme pourrie. Ne le mets pas dans le même panier que les braves jeunes que nous avons ici. »

Des voix s'élèvent en chœur : « Si seulement c'était le cas »... « Il a raison »... « Mon fils penche du mauvais côté, mais je vais le redresser à coups de bâton. »

Bastian les fait taire d'un geste de la main. « Wolfgang n'a pas tort. Les temps changent. Quand j'étais enfant, je croyais que Thoune était la plus grande ville du monde, et aussi la plus éloignée. À présent le monde est devenu plus grand. Nos jeunes le savent et ils ont envie de s'en faire une idée.

— Ça fait des lustres que le monde est grand, objecte un des bûcherons. Et puis, c'est pas pareil. Emil est marié, il a un enfant.

— Avec tout le respect, Bastian, ajoute le vieux dans le coin. Tu parles ainsi parce que Wolfgang est ton ami, et parce que Reto était celui d'Emil.

— Ces choses-là arrivent aussi ailleurs, dit Bastian, pourquoi ce devrait être différent chez nous ? On élève nos enfants comme il faut, on leur enseigne des valeurs fortes. Tout ce que l'on peut se reprocher, peut-être, est de ne pas être en phase avec notre époque. J'y ai souvent pensé ces derniers temps. Maintenant que le pasteur est malade et que c'est à moi d'écouter vos soucis, je me rends compte à quel point on est rétrogrades. »

Un homme au fond de la salle se lève. « J'en ai assez de vos discussions. Tu veux que je sois en phase avec mon époque, mais moi j'ai d'autres soucis. L'État qui baisse le prix du lait, par exemple. Sans compter le retour du loup. C'est toi qui vas lui expliquer qu'il doit vivre avec son temps et ne pas bouffer mes moutons ? »

Un éclat de rire retentit dans la salle. Bastian soupire, désolé.

« Moi, je prends mes responsabilités, tonne Wolfgang. Et je m'excuse auprès de tout le monde pour les problèmes que mon garçon a causés. J'ai demandé pardon quand il a tué ces pauvres bêtes et quand Anne est tombée enceinte, et aujourd'hui je le fais encore devant vous. Mon unique consolation, c'est qu'il n'y aura pas de prochaine fois.

— D'accord, concède quelqu'un. Tes excuses sont acceptées. Maintenant, changeons de sujet.

— Un dernier point, dit Wolf. Mon garçon ferait mieux de ne plus se montrer au village ni demain ni dans dix ans, parce que s'il me tombe sous la main, je l'écorche comme un lapin. » Pourtant, alors qu'il porte sa bière à la bouche, ses yeux trahissent une lueur d'espoir.

La réunion terminée, Bastian salue les villageois un par un. Il sort du bar avec sa pipe à la bouche et manque de heurter Arthur Hauser : les deux hommes cherchent à se croiser, finissent par se retrouver face-à-face.

« Si tu es venu pour la réunion, dit le maire, tu es en retard.

— Au contraire, j'arrive au bon moment pour me rincer le gosier.

— Tu t'es remis à boire ? L'autre jour tu voulais refuser mon petit verre.

— J'ai fait un hiver d'abstinence. La nouvelle saison me donne soif.

— Du moment qu'elle ne te donne pas envie de raconter des histoires...

— Et pourquoi je le ferais ? Je te l'ai dit : la patate chaude est entre tes mains désormais. »

Bastian fait un pas de côté. « Vas-y doucement, de l'abstinence à l'excès, on franchit vite le pas. »

« Qu'est-ce que tu fais ici, Hauser ? demande un des hommes au comptoir. On était bien sans toi. »

Arthur ignore la remarque. Il paie sa bière et s'assied dans un coin.

« Tu ne réponds pas ? Un chat t'a bouffé la langue ?

— Arrêtez, dit Wolfgang. Apprenez à laisser les gens

tranquilles, bande d'idiots. » Au son de sa voix, on devine qu'il est ivre.

« J'ai l'habitude, le rassure Arthur. Je ne les entends même plus. Je bois ma bière et je m'occupe de mes oignons.

— Justement, fait un des hommes. Tu devrais essayer de te montrer plus sociable. Exactement comme l'était ta mère. »

Édith Aeberhard frappe sa main sur le comptoir. « Je ne tolère pas certains discours. Comportez-vous comme il faut ou je vous mets dehors, tous ! »

L'homme qui vient de parler finit son verre. « J'allais partir de toute manière. »

Arthur sirote sa bière. Le local se vide au fur et à mesure que le niveau du liquide baisse dans son verre, la cacophonie s'adoucit au point de pouvoir entendre le froissement de la mousse sur ses lèvres. Wolfgang est assis avec son verre vide devant lui. Les paupières entrouvertes, la tête pendante.

Édith passe le chiffon sur la table à côté de celle d'Arthur. « Je ferme bientôt.

— Et Wolfgang ?

— Je m'en occupe. »

Arthur rejoint la table du menuisier. Il lui soulève le menton et le regarde dans les yeux. Il l'aide à se relever. « Je vais le faire », dit-il à Édith.

La maison est à quelques dizaines de mètres du local. Arthur ouvre la porte et soutient Wolf jusqu'au fauteuil. « À charge de revanche », dit-il.

Il a déjà rejoint le seuil quand l'autre l'appelle. Dans sa main, comme par magie, est apparue une bouteille.

« Où tu l'as prise ? »

Pour toute réponse, on entend le bouchon sauter : « T'as soif ? »

Après un premier verre bu en silence, Arthur est pris d'une quinte de toux. Wolfgang ouvre les yeux. « Je mourrai de honte », dit-il.

Arthur fixe son verre. « Je ne devrais pas boire...

— Ce bon à rien d'Emil a finalement réussi à gâcher ma vie.

— J'ai passé un hiver sans boire. C'est déjà demander beaucoup à un homme...

— Dieu seul sait combien ça m'a coûté de ramper à genoux au milieu des bois pour demander pardon à ces pauvres âmes que sont Théodore et Catherine. Ils parlent de pomme pourrie : mais combien de fois l'arbre doit-il demander pardon si le ver est dans le fruit ? Tout le monde dit que le village se porte mieux sans Emil Reus, peut-être que c'est préférable ainsi... Et puis, ma femme m'a révélé des choses sur lui... Je ne pourrai plus jamais le regarder comme avant. Mais c'est encore mon fils. Et un fils... »

Arthur se tient la tête entre ses mains. Wolfgang l'asticote avec le goulot de la bouteille. « Hé, tu m'écoutes ?

— Ils devaient nous amener une petite fille et au lieu de ça, je me retrouve avec deux femmes à la maison », murmure-t-il.

La respiration du menuisier se transforme en râle. Sa tête

tombe à la renverse, la langue pointe entre ses lèvres et il se met à ronfler.

Arthur termine son verre et s'en va. Sur le chemin, il s'arrête et pose une main sur sa poitrine. La toux le plie en deux, les muscles du ventre tendus, la gorge en flammes. Un goût de fer emplit sa bouche. Il crache par terre et continue vers la maison sans jeter un regard au tapis d'étoiles brillant au-dessus de sa tête.

*

Nadia se met debout sur la balançoire et fend l'air comme une lame, toujours plus haut. Lorsqu'elle oscille en arrière, Anne la saisit par la taille et lui donne une tape sur les fesses.

« Qu'est-ce qu'on avait dit ! Pas debout !

— Mais c'est plus drôle, maman !

— Un enfant qui jouait comme ça s'est cassé le cou.

— Chaque fois que je veux faire quelque chose, ronchonne Nadia, il y a un enfant qui s'est fait mal et alors c'est interdit.

— Pour chaque chose idiote et dangereuse, oui.

— Moi, j'y crois pas, ces enfants sont pas des vrais.

— Peut-être pas tous. Mais si tu ne m'écoutes pas, c'est toi qui deviendras une histoire à raconter : " Une fillette désobéissante tombe de la balançoire et finit en chaise roulante. "

— Bon, d'accord. Je resterai assise.

— Fais-moi un bisou. »

Nadia retourne jouer sur la balançoire. Anne observe la vallée. La matinée touche à sa fin et une lueur rose teinte la crête des montagnes. Quand elle pose de nouveau son regard sur Nadia, l'enfant n'est plus seule. Une jeune fille se trouve sur la balançoire d'à côté et la salue. C'est la « Nouvelle », celle de la ferme Hauser. Anne lui répond par un sourire. Elle est sur le point de lui demander son nom quand elle remarque sa jupe qui flotte dans l'air.

Elle sent comme une main lui serrer l'estomac. Les mêmes vêtements se juxtaposent sur une autre silhouette ; le visage de la jeune fille a soudain vieilli, il prend une expression plus douce, lui adresse un sourire plein d'amour, et cette expression semble lui dire, une fois encore, *tu es mon enfant du miracle*.

Nadia se rend compte que quelque chose cloche. « Qu'est-ce qu'il y a, maman ? »

Anne tourne le dos à l'inconnue. Murmure une excuse, prend la main de sa fille et, ignorant ses protestations, s'éloigne des balançoires.

*

Vautré dans son fauteuil, Wolfgang Reus écarquille les yeux. La bouteille vide tombe par terre et roule jusqu'au pied de la pendule, à l'autre bout de la pièce. Les aiguilles indiquent 11 heures 20.

Il va dans sa chambre et troque ses habits empestant la fumée et l'alcool contre des propres. Sur la table de chevet, il y a sa photo de mariage. Une journée heureuse, suivie par des années où l'amour avait triomphé des obstacles du quotidien. Leur première fille, morte un mois après sa naissance. Et puis, l'arrivée d'Emil. Il avait été un enfant sage. Obéissant, bien élevé. Les problèmes ont commencé avec l'adolescence. D'abord les bravades avec ses amis Reto et Sepp, puis cette histoire de sacrifices et d'animaux tués. L'idée leur était venue d'un livre sur les traditions païennes qu'Emil avait trouvé sur un stand de la foire d'automne. Ça avait été l'aspect rituel, plus que la chèvre mutilée, qui avait mis Ueli hors de lui : pendant l'office, il avait expliqué que les garçons n'avaient rien commis d'autre qu'une grosse bêtise, mais il avait tout de même ressenti le besoin de mettre en garde la communauté contre les ténèbres du paganisme, évoquant diables et suppôts de Satan. Une réputation sulfureuse dont Emil – tenu pour principal responsable – n'était jamais parvenu à se défaire.

Wolfgang s'assied sur le lit et pleure, les coudes sur les genoux, les mains calleuses étouffant ses sanglots.

Il arrive à la menuiserie alors qu'il est presque midi.

« Mais qui voilà ! fait Reto.

— Je ne sais pas comment tu fais pour me supporter. Je ne mérite pas ton aide.

— Tu es un brave homme et tu es l'ami de mon père. Mais ça ne signifie pas que ton crédit est illimité. Je suis fromager, moi, pas menuisier.

— Tu t'en sors bien mieux que d'autres ayant travaillé ici.

— Puisque tu ne te bouges pas pour trouver un remplaçant, on a décidé de le faire à ta place, papa et moi. Mais faut te secouer les puces, qui aura envie de travailler avec toi, sinon ?

— Je fais mon maximum. »

Reto pose sa scie. « Hier soir, tu étais chez Aeberhard et ce matin dans ton lit à cuver ton vin. Moi, je suis là depuis six heures. Si c'est ça ton maximum, tu peux faire beaucoup mieux. »

Wolfgang baisse la tête.

« Bon, au travail, maintenant, fait Reto. On a une commande spéciale. Et urgente, pour changer.

— Une commande spéciale ?

— Arthur Hauser a besoin d'une roue pour son chariot. Il dit que tu lui dois un service. »

15

Bastian frappe à la porte d'Anne Reus. « Je ne t'ai pas vue à la réunion, l'autre soir.

— J'ai mieux à faire que d'entendre des ragots sur Emil.

— Au fond, on récolte ce qu'on sème, non ?

— C'est la même rengaine depuis notre mariage. Les gens avaient pourtant fini par se lasser, mais voilà que ça recommence. Depuis trois mois, on n'entend plus que ça au village. »

Ils s'asseyent autour de la table. Nadia grimpe sur les genoux de sa maman, mais Bastian fait signe à Anne que ce n'est pas le moment.

Son expression se durcit, elle envoie sa fille jouer dans sa chambre. « Tu as du nouveau sur Emil ? demande-t-elle à voix basse.

— Pas exactement. Mais j'ai des questions à te poser.

— À propos de quoi ?

— Je me sens idiot, ça peut paraître absurde...

— Vas-y, maintenant que tu es là.

— Eh bien... J'ai discuté du départ d'Emil aussi bien avec Reto qu'avec son père, mais jamais avec toi. Ils sont convaincus qu'il est parti parce qu'il en avait assez du village et de s'occuper de toi et de la petite. Et toi ? C'est ce que tu penses aussi ? Je veux dire, tu n'as jamais songé à une autre explication ?

— Tu as entendu quelque chose ?

— Rien. C'est juste que...

— Joue cartes sur table, Bastian.

— Il paraît que ton père était de nouveau sur le pied de guerre. »

Anne soupire, excédée. « Il m'a promis il y a longtemps qu'il ne s'en mêlerait plus. Et, depuis, c'est ce qu'il a fait. Mais enfin, de quoi parle-t-on exactement ?

— Je n'en sais rien. Je voulais seulement ton avis.

— Emil m'a abandonnée. Quand j'y repense, je me dis que tous les signes étaient là. Sans parler d'autres détails que je n'ai pas à te raconter, qui sont juste entre mari et femme.

— Tu n'as aucun doute, donc ?

— Si par *doute*, tu entends des soupçons à propos de mon père, alors non. Qui colporte ces ragots ?

— Si je peux me permettre, Anne, depuis combien de temps tu ne vois plus ton père ?

— Plus ou moins depuis les funérailles de maman. Il m'a dit que je pouvais faire ce que je voulais, que ça lui était désormais égal. Encore une fois : qui répand ces commérages ? »

Sa voix est calme, mais son regard dit qu'elle ne lâchera pas le morceau.

Bastian soupire. « Arthur Hauser. Il m'a confié avoir entendu ton père en parler avec Greta.

— Tout s'explique, alors. Arthur est jaloux. Tu sais bien que Greta et Théodore sont très liés.

— Ton père a le double de son âge.

— Un homme peut se montrer jaloux pour un tas de raisons. Si tu as des doutes, pourquoi ne pas le demander directement à Théodore ? Tu pourrais aussi amener le pasteur avec toi. À vous trois, les secrets, ça vous connaît, non ? Je suis sûre qu'il n'aura aucune raison de vous cacher quoi que ce soit. »

*

Reto apparaît devant la fromagerie. « Viens ici », dit-il à son frère occupé à rincer les bidons de lait pendant que le fromage durcit. Il lui indique la charrette chargée d'une roue en bois. « Livraison urgente pour la ferme Hauser.

— C'est moi qui dois l'apporter ?

— La “Nouvelle” est venue passer commande. Et elle a demandé après toi. »

Un sourire échappe à Noah. « Et tu ne me le dis que maintenant ?

— File, allez.

— Qui surveillera la caillebotte ?

— Je m'en occupe. Je sais encore comment m'y prendre, t'inquiète pas. »

Noah court vers le chariot, mais Reto le retient par le bras. « Tu te comporteras bien avec la fille, n'est-ce pas ?

— Oui, bien sûr.

— Je ne fais pas seulement allusion à tout à l'heure.

— Comment ça ?

— Me prends pas pour un idiot. Aujourd'hui, monsieur Hauser sera dans tes pattes et tu pourras à peine lui adresser un de tes sourires charmeurs, mais vous trouverez un autre moment. Ou deux. Et peut-être qu'un de ces jours, tu voudras l'emmener au cabanon au bord du lac. » Il serre davantage sa prise. « Si tu mets cette fille dans le pétrin, je te casse la figure, compris ? »

*

Nadia sort de l'école en courant, saute dans les bras de sa mère et la couvre de bisous. Des bisous tout collants. Anne frotte sa joue, ses doigts sont rouges.

« Petite polissonne ! Où tu as trouvé ce rouge à lèvres ? »

Plus loin, une autre maman, le visage également barbouillé, lui montre l'objet en question. « Je suis désolée, une cousine m'en a fait cadeau pour Noël. Je l'ai utilisé pour faire une surprise à mon mari, puis je l'ai oublié. Mais elle, indiquant sa fille, s'en est souvenue. »

Mères et filles font le chemin ensemble. Simone a déménagé récemment et son époux, Félix, s'emploie corps et âme à rénover leur nouvelle maison. Le voilà qui se penche par la fenêtre du rez-de-chaussée, clous à la bouche et marteau en main ; il frappe de bon cœur, à en faire trembler toute la maison.

« Papa ! » s'exclame la petite.

Félix recrache ses clous dans la boîte à outils. Il soulève l'enfant et l'installe à califourchon sur ses épaules comme un perroquet de pirate. « Pourquoi t'as le visage peint en rouge ?

— Elle a pris mon rouge à lèvres, répond la mère. Ça lui vaudra une belle punition. »

Félix passe la langue sur sa lèvre. « J'ai encore en tête la dernière fois que tu en avais mis. À quand mon prochain tour sur le carrousel ?

— Une fessée, oui ! répond sa femme. J'en ai assez pour vous deux.

— Je n'attends que ça.

— Non, mais tu entends cet idiot ? dit Simone sur le seuil de la maison. Il rêve tout debout. »

Nadia tire la robe de sa maman. « Tu m'amènes aux balançoires ?

— Pas aujourd'hui. Je dois me nettoyer la figure et aller acheter du lait. » À travers la fenêtre, Anne peut voir le couple à peine rentré dans la maison : il essaie de lui pincer les fesses tandis qu'elle lui donne une tape sur la main. Finalement, elle l'attire à elle par le bout du nez et l'embrasse.

De retour chez elle, Anne trouve un narcisse enfilé dans la serrure de la porte. Maintenant que le printemps est là, une fleur a remplacé les petites branches et les brins d'herbe. Le message, par contre, ne change pas : Reto souhaite la voir ce soir. Elle prend le narcisse, en respire le parfum. Ensuite, elle efface les traces de rouge à lèvres sur ses joues et se rend à la ferme Orwhal.

Les vaches sont couchées à l'ombre des arbres, remuant

leurs queues pour chasser les mouches. Brigitta Orwhal arrive avec un bidon de lait. Elle boite et grimace à chaque pas.

« Qu'est-ce qui t'arrive ? demande Anne.

— Je suis restée coincée entre deux vaches. Si je n'avais pas les os solides, j'y laissais mon fémur. »

Anne fouille dans son porte-monnaie, l'autre lui fait signe que ce n'est pas nécessaire.

« Aujourd'hui, c'est gratuit.

— Merci, mais je peux payer.

— Ne me remercie pas, ma chère. Ton mari est loin, c'est normal.

— Emil n'est plus mon mari. »

Brigitta porte la main à sa poitrine. « Comment ça ?

— Il m'a abandonnée. Et il a abandonné Nadia.

— Peut-être qu'il reviendra.

— Je n'en mettrais pas ma main au feu.

— Il est arrivé que des maris se soient absentés plus longtemps que ça. Beaucoup plus longtemps, même. Et leurs épouses ont tenu leur promesse faite devant l'autel.

— Si tu permets, ce sont mes affaires et ma famille, d'accord ?

— Je ne voulais pas te vexer. Je dis seulement comment sont les choses.

— Je ne suis pas vexée.

— Le mariage est l'affaire de Dieu. Crois-moi, je suis la première à savoir que ce n'est pas facile. Souvent, il faut faire contre mauvaise fortune bon cœur. »

Anne pousse la porte de chez Aeberhard à l'heure de l'apéritif, et toutes les têtes se tournent dans sa direction. Elle se dirige droit vers le comptoir où Édith est en train de tirer des bières. « Je peux te parler ?

— Tout de suite ? Je suis un peu occupée comme tu vois.

— Rien que deux minutes.

— Laisse-moi abreuver ces assoiffés là-bas. » Elle charge son plateau sur l'avant-bras et slalome entre les tables. Elle sert les bières sous une pluie d'applaudissements. Le temps de revenir à son comptoir, nombre de verres sont déjà éclusés. Elle fait signe à Anne de la suivre dans la remise derrière le bar, à l'écart du bruit. Édith s'appuie contre le mur, en profite pour avaler un verre d'eau. Le visage rougi, les chevilles enflées à force de rester debout.

« Dis-moi tout.

— Je me demandais si par hasard tu avais besoin d'une aide pour le bistrot. Depuis la naissance de Nadia, je fais des petits boulots ici et là, je donne un coup de main au marché ou dans les champs pour la fenaison. Mais à présent qu'Emil n'est plus là...

— J'ai entendu dire que son père vous aide.

— Je veux me débrouiller seule. Au village, on me considère comme une créature sans défense, abandonnée par un homme et secourue par son beau-père.

— C'est toujours mieux que ce qu'on racontait avant.

— Je préfère le mépris à la pitié.

— Tu devrais retourner enseigner. Tu étais une excellente maîtresse.

— Ce train-là, je l'ai perdu.

— Ne jamais dire jamais. Et puis, notre village n'est pas le seul de la région.

— Mais ma mauvaise réputation va bien au-delà de notre village. »

Édith fait claquer le chiffon mouillé sur le bord de la table. « C'est n'importe quoi. T'es une brave fille. Les gens t'apprécient et quatre ans ont passé. Tu devrais leur faire savoir que tu voudrais de nouveau enseigner. Je te soutiendrai, et je ne serai pas la seule.

— Peut-être un jour, qui sait ? En attendant, qu'en dis-tu d'un coup de main au bistrot ? »

Un rugissement explose dans la salle, suivi d'un bruit de verre cassé.

Édith secoue la tête. « Tu pourrais commencer par expliquer à ces paysans mal élevés que pour trinquer il n'est pas nécessaire d'utiliser la force d'Hercule. Sérieusement, tu veux travailler dans un tel endroit ?

— Tu le fais bien toi, non ?

— Je suis petite, mes jambes sont grosses comme des bidons de lait, pourtant ces garçons me regardent comme si j'étais un porcelet sur un plateau. Comment penses-tu qu'ils vont se comporter avec toi ?

— Je sais tenir les hommes.

— Ouais, sauf que chez toi, on dirait que ça n'a pas très bien marché. »

Anne plisse ses lèvres. « Merci, très gentil de ta part.

— Tu vois ? Si tu es aussi sensible, comment feras-tu avec

ces sauvages là-dehors ? Ils ne prennent pas de pincettes. Et tu es une cible facile.

— J'ai compris. Oublie ce que je t'ai demandé.

— Attends. Je ne voulais pas... »

Anne sort de la remise et se dirige vers la porte. Un des paysans la retient par le poignet. Un jeune gars trapu à la calvitie naissante. « Moi, Emil, je le comprends pas, dit-il. À sa place, t'aurais même pas pu me faire quitter le lit, encore moins le village. »

Quelques-uns rigolent, mais la plupart ont trop entendu cette blague pour la trouver encore amusante.

Anne fixe l'homme droit dans les yeux. « Si vraiment j'avais voulu me réveiller avec un animal gras qui perd ses poils durant la nuit, j'aurais encore préféré le chat du voisin. »

Cette fois, le rire est général. Anne saisit le verre du paysan, le boit d'un trait, le fait claquer sur la table et quitte le café.

Édith a suivi l'échange depuis son comptoir. La bière qu'elle est en train de tirer déborde du bock, recouvrant sa main de mousse. Elle se laisse aller à un sourire. « Alors, hurle-t-elle. Qui veut à boire ? »

Après avoir couché Nadia et lui avoir chanté une berceuse, Anne pleure sur son lit, puis s'essuie les yeux devant le miroir avant de s'habiller. Elle fait rouler entre ses doigts la tige du narcisse laissé par Reto et sort de la maison.

Elle frissonne dans la fraîcheur du soir. Anne parcourt les

rues désertes, monte en direction de l'église. Le versant de la montagne abrite le village, mais le faux plat est à la merci des éléments, fouetté par le vent, imbibé par les pluies et propice aux avalanches. Ce soir, après les orages de l'après-midi, il est recouvert par une strate de brume voilant les rares lumières encore allumées.

Reto la rejoint peu après. Il allume une lanterne et la pose par terre. La lumière dessine un dôme sur le mur de l'église, suffisamment large pour y tenir à deux.

« Qu'est-ce que tu as à la lèvre ? demande Anne.

— Rien, une bagarre de bistrot.

— Tu sais que je n'aime pas ça.

— Ce n'est pas moi qui l'ai cherchée. C'est rien, des enfantillages.

— Justement.

— La prochaine fois, je laisserai tomber, promis. »

Ses yeux se déplacent de la lèvre gonflée aux yeux de Reto. Elle le saisit par le cou et l'embrasse.

Il lui prend les mains. « On pourrait aller au cabanon, un de ces soirs. Ça fait si longtemps...

— C'est compliqué en ce moment.

— Ne t'inquiète pas. Je ne suis pas pressé.

— Mais si, tu attends quelque chose.

— Quoi donc ?

— Quelque chose de plus.

— La situation a changé, non ?

— Je ne veux pas y penser. C'est encore trop tôt.

— Je viens de te le dire, je ne suis pas pressé.

— Ce que tu veux n'est peut-être pas possible.

— Ce que je veux ou ce que *nous* voulons ? »

Anne scrute la flamme qui oscille dans la lanterne. « Je ne sais pas. Les gens du village...

— Ce que moi je veux ne compte pas. Mais si nous le voulons tous les deux, alors tout devient possible. N'oublie pas que mon père est un homme important. »

Une lueur d'inquiétude traverse les yeux d'Anne. « Tu en as parlé à ton père ?

— Pas encore. Mais il nous aiderait, j'en suis certain.

— Ton père n'est pas Dieu.

— Dieu existe seulement derrière ces murs.

— Mais le reste du village le voit partout. Et ton père aussi est un homme de foi.

— C'est avant tout un homme de raison. Les règles et les traditions ne l'intéressent que jusqu'à un certain point.

— Il reste quand même tous les autres.

— Les autres, je m'en occupe. Mais je n'entreprendrai rien tant que tu n'auras pas fait ton choix.

— En attendant, soyons prudents. »

Il écarte ses bras dans le silence de la nuit. « Plus prudents que ça, ça me paraît difficile.

— Ce sont tes yeux, la façon dont tu me regardes quand on se croise au village. C'est suffisant pour me rendre coupable de beaucoup dans la tête de certaines personnes.

— Tu exagères.

— Peut-être. Mais toi... tu as beau être sûr de toi, pour ça, tu es plutôt naïf.

— D'accord. Je serai prudent.

— Une dernière chose. Emil est parti depuis trois mois. Il existe toujours la possibilité... Il n'est pas exclu qu'un jour il décide de rentrer. Si ça devait arriver, il n'y aurait plus d'espoir pour nous. Tu comprends cela, n'est-ce pas ?

— Ne t'inquiète pas. » Il s'approche d'Anne et presse ses lèvres contre les siennes. « Il ne reviendra pas. »

À une vingtaine de mètres, dissimulée entre les stèles du cimetière, une silhouette observe la scène. Elle reste là jusqu'à ce que l'étreinte se relâche et que les deux clandestins se fondent dans la nuit.

16

Comme chaque matin, Bastian Feld se lève de bonne heure pour traire ses vaches. Devant la porte de l'étable, il trouve un billet plié en deux. Il le lit, et c'est tout juste si la pipe ne lui tombe pas de la bouche.

Bastian retourne à la maison, grimpe les marches deux par deux et arrache l'oreiller sous la tête de Reto. « Debout ! » Il lui met le billet dans la main. « Lis voir. »

Les pupilles de Reto se contractent, une bouffée de colère le tire définitivement du sommeil.

« Qui a écrit ça ?

— C'est anonyme. Je l'ai trouvé là dehors.

— Papa, je n'y suis pour rien, je te jure.

— Je l'espère bien, parce que tu n'as plus quinze ans. On peut pardonner certaines bêtises à un adolescent...

— Puisqu'Emil n'est plus là, il ne restait que deux endroits où déposer ce billet. Et on a choisi le mauvais.

— Il n'empêche qu'on a un problème !

— Calme-toi, je vais m'en occuper. Et comment ! »

Bastian a beau se jeter à corps perdu dans le travail, la mauvaise humeur lui gâche la matinée. Les questions ne font que s'accumuler dans sa tête. À tel point que, vers midi, il laisse tout en plan et se rend au cimetière, où la présence d'Erika l'apaise et l'aide à mettre de l'ordre dans ses pensées.

« Ces temps-ci, je dors mal, confie-t-il à son épouse. Trop de choses me trottent dans la tête. Et comme si cela ne suffisait pas, voilà qu'il me tombe dessus un nouveau problème. Est-ce un signe ? D'abord, les soupçons d'Arthur et maintenant cette tête de chèvre retrouvée dans les bois. Pas besoin de t'expliquer quel fil maudit relie les deux événements. »

Il ferme les yeux et attend une réponse. Il n'est pas idiot, il sait bien qu'elle ne lui sera pas donnée par le fantôme de son épouse, mais Erika et lui avaient toujours été sur la même longueur d'onde. Il n'a jamais oublié sa voix, et il est convaincu que lorsqu'il sera vieux et que le visage d'Erika apparaîtra voilé dans la brume de ses souvenirs, cette voix retentira aussi claire que le jour où elle lui avait dit « Excusez-moi » après l'avoir heurté et fait tomber son panier d'œufs à la foire d'automne – un instant avant que leurs regards ne se croisent pour la première fois.

« Je sais que je dois parler avec Théodore, murmure Bastian. Mais regarde autour de toi. Ici, au village, somme toute, la vie s'écoule sans heurts. Dieu seul sait ce qu'il peut arriver si on ravive d'anciennes blessures. »

*

« Emil te manque ? » demande Simone tout en retournant la terre du potager avec sa binette. Elle est venue après le déjeuner donner un coup de main à Anne, prétextant vouloir se faire pardonner l'espièglerie de sa fille avec le rouge à lèvres.

« Ça dépend. C'est surtout sa présence dans la maison et pour le quotidien. On peut dire ce qu'on veut d'Emil, mais c'était un bon père. Donc, oui, il me manque quelqu'un avec qui élever la petite.

— Rien de plus ?

— Les étoiles ne se sont jamais alignées pour nous. La grossesse et les difficultés liées à notre mariage n'ont pas aidé. Moi, à l'époque, j'étais prête à tomber amoureuse, mais Emil... Il a toujours été distant. On va dire que mes sentiments n'ont pas trouvé un terrain fertile...

— Au moins comme ça, son départ ne t'aura pas fait trop souffrir.

— Disons que pendant deux ans, il a été le père de Nadia et nous vivions ensemble, point. Il portait peu d'intérêt à la chose, je veux dire que...

— Je vois, oui.

— Personne ne veut le croire, mais je suis la première responsable de ma grossesse. Puis, après le mariage... Je ne sais pas, j'entends des femmes se plaindre que leurs maris n'ont que ça en tête. Emil, lui, n'aimait pas que je le touche. Il répétait que j'avais les mains froides. Peut-être que je m'y prenais mal, j'en sais rien. »

Simone frappe du pied par terre. « Tu vois comment sont les hommes ? Ils te font te sentir en faute même quand tu n'as rien à te reprocher. C'est comme pour mon Félix, parfois il rentre à la maison en faisant la tête, il me regarde d'un drôle d'air et je me mets à penser " est-ce que les patates du dîner étaient suffisamment cuites ? ".

— Quelquefois, je me demande si je pourrais avoir un autre homme. Et si ensuite Emil revenait ?

— Tu le reprendrais ? S'il revenait, comme tu dis.

— J'aurais le choix, tu crois ?

— Admettons que oui.

— Difficile à dire.

— Même si votre mariage était comme tu l'as décrit ?

— Ce n'était pas idéal, certes. Mais on ne peut pas tout avoir. C'est un bon père et Nadia l'aime beaucoup. Et puis, peut-être que quand elle sera plus grande...

— Je te comprends. Je ferais pareil. »

Anne s'approche et baisse la voix. « Mais s'il ne revenait pas ? Toi, tu ferais quoi ?

— C'est-à-dire ? »

Elle appuie sa main sur son épaule et lui dit à l'oreille : « Tu sais garder un secret ? »

*

Reto quitte la menuiserie et se dirige vers la forêt. Il y trouve Sepp accroupi au pied d'un tronc, travaillant à petits coups de hache pour orienter l'angle de chute tandis que son collègue scie de l'autre côté.

Reto empoigne la nuque de Sepp. « Viens avec moi.

— Hé ! Qu'est-ce que tu fous là ?

— On revient tout de suite », dit Reto à l'autre homme.

Le bûcheron écarte les bras. « Encore ?! Tous les deux, vous avez un problème ou quoi ?

— De gros problèmes, oui. »

Une fois à l'écart, Reto agrippe Sepp par le col et le plaque contre un arbre. « Ce matin, j'ai trouvé un petit cadeau devant chez moi. » Il lui rapporte le contenu du billet anonyme et la colère de Bastian. Sepp écarquille les yeux : « Comment c'est possible ?

— Je croyais que t'avais arrêté ces conneries. »

Le bûcheron baisse les yeux. « Ça m'arrive encore, mais seulement de temps en temps.

— Après tout ce qui s'est passé ?

— Ce qui s'est passé n'est pas de ma faute.

— Si t'avais une once de cerveau tu te garderais bien de...

— Cette chèvre ne vient pas du village. Je l'ai achetée avec mes sous. J'en ai même fait de la viande, je n'ai rien jeté.

— Le problème est ce que t'en as fait *avant*.

— La tête, je l'ai enterrée. Un animal a dû creuser. Qui l'a trouvée ?

— On s'en fout. Tu devrais plutôt remercier celui qui s'est contenté de nous avertir. Si ça se reproduit, tu peux être sûr que tout le village sera au courant.

— J'assumerai les conséquences. Je leur dirai que tu n'y es pour rien.

— Mais les anciennes histoires referont surface. Depuis des années, j'essaie de faire en sorte qu'on les oublie, et la dernière chose dont j'ai besoin en ce moment, c'est d'une tache sur ma réputation.

— Calme-toi, monsieur le futur maire. Il me semble que ton père est encore en pleine forme. C'est pas demain la veille que tu feras ta campagne électorale.

— Il n'est pas question de ça. Il y a plus en jeu.

— Je crois que je commence à comprendre.

— Alors essaie de ne plus me causer d'ennuis. Et si tu veux un conseil, va te faire soigner la tête. »

Un rictus se dessine sur le visage de Sepp. « Dis voir – et il tapote son index sur le torse de Reto – t'as aussi participé à ces petits jeux par le passé, non ?

— C'était vos idées. Emil avait trouvé ce livre, mais le plus malade, c'était toi. Je vous suivais dans vos délires. J'étais jeune et stupide. Quand j'y repense, j'ai envie de vomir.

— Ce n'étaient que des bêtes. C'est ma façon de me défouler, après je me sens calme, je suis moins insupportable. Peut-être que tu devrais essayer, toi aussi. Tu m'as l'air tendu ces derniers temps.

— Y a pas de quoi rigoler. Des gens ont souffert, et souffrent encore aujourd'hui.

— C'est pas de notre faute si Emil a choisi la fille d'une déséquilibrée. Anne, *l'enfant du miracle*... Et c'est pas de notre faute si sa mère s'est mis dans la tête qu'il était un suppôt de Satan. Non, mais tu te rends compte ?! Et après, c'est moi qui dois me faire soigner ?

— Je t'aurais averti. Encore un problème de ce genre et tu devras surveiller tes arrières. Ces bois sont dangereux, et pas seulement pour les animaux sans défense.

— Oh, je tremble de peur!
— Mets-moi à l'épreuve, tu verras bien.»

*

Konstantin arrive au pas de course chez les Feld. Ses yeux brillent dans son visage rond et rougi par l'effort. «Les jumeaux en sont! dit-il à Noah. Frida apportera une bouteille. Et Ida viendra peut-être, elle aussi.
— Ida?
— C'est une bonne idée, non? Ça lui plaira de faire quelque chose de différent.
— Et si monsieur Hauser s'en aperçoit?
— Elle m'a dit qu'elle trouverait un moyen. J'irai la chercher, on a rendez-vous à l'étable.»
Noah se gratte la nuque. «Et moi?
— Tu nous attends près du feu avec les jumeaux.
— C'est mieux si je viens avec toi. On ne sait jamais.
— Mais t'es idiot ou quoi? C'est mon occasion de pouvoir être seul avec elle.
— Je m'inquiète seulement pour sa sécurité.»
Les yeux de Konstantin s'assombrissent. «Noah?
— Quoi? Pourquoi tu me regardes comme ça?
— T'as promis, tu t'en souviens?
— Ça n'a rien à voir.
— Tu t'en souviens?
— Bien sûr, oui.
— Alors, à ce soir dans les bois.»

*

Chez Aeberhard, la soirée est calme. Reto contemple son visage fatigué dans le fond d'un bock. Il avale la dernière gorgée lorsqu'apparaît devant lui un verre débordant de mousse blanche.

« Navré, dit Sepp.

— L'important, c'est que t'aies compris le message.

— T'en fais pas. Mais laisse-moi te le dire : j'ai de la peine à te reconnaître, ces temps-ci.

— Je suis juste un peu sur la brèche. Et j'en ai marre de travailler avec Wolf. »

Le menuisier est vautré à la table voisine, aucun risque qu'il entende leur conversation : il dort, les doigts agrippés à son bock.

« Tu peux toujours espérer qu'Emil réapparaisse, fait Sepp.

— Mais oui, bien sûr. T'as tout à fait raison.

— Comme ça, tu pourras retourner fabriquer ton fromage avec ton papounet.

— Laisse tomber, j'ai pas envie de causer d'Emil.

— Tu le répètes souvent, ouais. Il était pourtant ton ami. Ou alors, tu le gardais comme ami parce que t'avais une bonne raison. Entre nous, t'as toujours été un malin, pas vrai ? »

Édith Aeberhard pose deux verres d'une bière sombre sur la table. « Celle-ci est spéciale, on me l'a livrée de Thoune aujourd'hui même. Offert par la maison. »

Sepp boit une gorgée et s'essuie la bouche. « Délicieux. Papa Aeberhard serait fier de toi.

— Papa Aeberhard se serait enfermé dans le bistrot pour la boire tout seul.

— Comment lui en vouloir ?

— À votre santé, les gars.

— T'es un ange Édith. Comment on ferait sans toi ? »

Sepp la suit du regard, les yeux collés sur son derrière. La robe bleue virevolte tandis qu'elle passe entre les tables, découvrant ses jambes robustes.

« Un ange ? dit Reto. T'as rien de mieux à proposer ?

— Écoutez voir parler Casanova. Je te vois pas non plus entouré de jeunes demoiselles, si ?

— Ne t'inquiète pas pour moi. Trouve plutôt un meilleur moyen d'entrer dans les grâces d'Édith. »

Un bruit de verre qui se brise résonne dans la salle. Toutes les têtes se tournent vers Wolfgang qui s'est réveillé de sa torpeur et qui n'a rien trouvé de mieux que de fracasser son bock par terre. Non content, il saisit la table à deux mains pour y donner un coup de tête.

Reto se précipite sur lui avant qu'il ne s'assomme. « Ne lui donne plus à boire, Édith. Tu devrais même lui interdire l'entrée.

— Ah, oui ? Parce que je suis qui, moi ? Sa mère ?

— Non, mais tu es responsable... »

La main de Sepp se pose sur celle de Reto. « Allez, on y va. Prends-le par les chevilles, plutôt, on le ramène chez lui. »

*

Konstantin traverse la salle à manger à pas de loup avant de se mettre à courir dans la nuit. La lumière de la lune imprime sa silhouette sur le champ. Arrivé à l'enclos, il pose une main sur un des piquets et saute par-dessus, mais son pied reste coincé et il tombe la tête la première.

« Merde », dit-il en crachotant des brins d'herbe. « Bordel », des mots qui, entre les murs de la maison le mèneraient à tâter de la ceinture paternelle.

Il se relève, donne un coup de pied au piquet, se fait mal et se dirige en sautillant sur une jambe vers la ferme Hauser. Il est presque arrivé quand il entend des voix. Une bouffée de rage lui monte au visage.

Ida lui adresse un signe de la main. Noah, mains dans les poches et sourire enjôleur, vient à sa rencontre.

« Tu fous quoi ? siffle Konstantin entre ses dents. C'est moi qui devais venir.

— Je suis sorti plus tôt de chez moi.

— T'es un connard. »

Noah l'emmène un peu à l'écart. « Arrête de t'exciter et écoute-moi. Ida ne peut pas quitter la ferme ce soir. La situation avec les Hauser est compliquée. Elle risque gros, pas question qu'elle se fasse punir pour un stupide feu de camp.

— Qui l'a décidé, elle ou toi ?

— C'est moi. Ça te pose un problème ?

— Tu crois que j'ai pas compris ton jeu ?

— Je m'en fous. Pense ce que tu veux.

— Je devrais te casser la figure.

— Tu me la casseras demain. Maintenant, sois gentil et va faire mumuse à ton feu de camp. »

Konstantin se retrouve seul dans les bois. Son cœur s'enfonce jusque dans son estomac. Il s'imagine assis à regarder les flammes qui dansent sans écouter un mot de ce que racontent les autres. L'enthousiasme l'abandonne et il rentre chez lui.

17

Le lendemain matin, Bastian fait irruption dans la maison de Wolfgang sans frapper. Obscurité, odeur acide de transpiration. Il ouvre les volets. Un déferlement de lumière pénètre dans la chambre, investit le fauteuil où dort le menuisier.

Bastian lui tend un verre d'eau, s'assied et allume sa pipe. « Reto m'a raconté à propos d'hier soir, dit-il. Je suis venu t'avertir que le temps de t'apitoyer sur ton sort est terminé.

— J'essaie d'en sortir, fait l'autre d'une voix caverneuse, mais j'y retombe toujours. Tu n'as pas idée de l'enfer que je traverse.

— Bien au contraire. J'ai parlé avec ta femme. »

Wolfgang relève la tête. Ses yeux s'agrandissent, un mélange de surprise et de confusion.

« Elle m'a dit la vérité sur Emil. Elle m'a fait jurer que ça resterait entre nous. Elle a compris que mes intentions sont bonnes et que je veux t'aider. »

Wolf soupire. « J'aurais préféré qu'elle ne me dise rien, tu sais. Elle a gardé le secret pendant des années, depuis qu'Emil le lui avait confié la veille de son mariage.

— Elle a cru que ça t'aiderait à comprendre.

— Mais sur le moment, ça a tout empiré. C'est une des

raisons pour lesquelles nous nous sommes disputés. J'étais hors de moi, j'ai dit des mots que je regrette.

— Elle t'a pardonné.

— J'en doute. La preuve, elle est encore chez sa sœur.

— Elle est disposée à revenir. Mais elle veut retrouver le Wolfgang que tu étais. Pas cet ivrogne qui pleurniche parce que son fils n'est pas l'homme qu'il aurait souhaité.

— C'est moi qui aurais dû te dire la vérité.

— Ce ne sont pas des choses qu'un père peut raconter facilement. Surtout dans un endroit comme ici.

— Ce garçon est le sang de mon sang.

— C'est un homme. Sa vie est la sienne, maintenant.

— Une fois la colère passée, j'y ai longuement réfléchi. J'ai commencé à comprendre. Les animaux torturés quand il était plus jeune… Pour Reto et Sepp, c'était un simple jeu, mais pour Emil… Il répétait qu'il l'avait fait pour chasser un esprit malveillant qui le poussait à des désirs contraires à la volonté de Dieu. Je pensais qu'il avait perdu la raison. Il avait trouvé ce livre de vieilles croyances et… » Il secoue la tête. « Un esprit malveillant, tu te rends compte !

— C'est compréhensible, mets-toi à sa place. Si un gamin aussi jeune s'entend répéter qu'une chose est mauvaise, contraire à Dieu et à la nature…

— Le pire, c'est que si j'avais su, je lui aurais tenu le même discours. Je fais partie du problème.

— Comme nous tous.

— Je l'aime encore, tu sais ? Malgré tous les ennuis qu'il a causés.

— Et c'est pour cette raison que tu dois te reprendre et aller de l'avant. Ta femme t'attend. Vous avez de l'affection l'un pour l'autre, vous avez la santé. Ça compte, non ? À présent, c'est à toi de jouer, mon ami. Te morfondre ne sert à rien. »

Wolf observe sa main droite. Les doigts tremblent. « Je sais, je me dégoûte. »

Bastian se lève et lui donne une tape dans le dos. « En ce qui concerne Emil, personnellement, je n'y vois rien de mal. Et puis moi, des histoires du village et des secrets, j'en connais à foison. Si je te les racontais tu ne me croirais pas. Ce que je veux dire, c'est que ton fils n'est certainement pas le seul.

— Il faut que je me lave. » Il soulève un bras, renifle son aisselle. « Je pue comme un bouc.

— Aucun doute là-dessus.

— J'admets l'avoir haï, mais plus maintenant. J'espère seulement qu'il est heureux. Où qu'il soit. Avec qui que ce soit.

— Je suis certain que c'est le cas », dit Bastian.

*

Noah a les traits tirés, le genre de mine endormie à laquelle il faut tout répéter deux fois. Ce matin-là, avec l'accord de Bastian, il donne un coup de main à la ferme Schubert. Le soleil est un supplice pour ses yeux fatigués. Il arrive chez Konstantin en bâillant.

Le garçon saute du chariot de foin et grimace de mépris. « Tu es resté avec Ida, pas vrai ?

— Pas longtemps...

— Explique-moi pourquoi, tout à coup, tu t'intéresses à elle ?

— On s'entend bien, voilà tout. On a des points en commun.

— Quoi ?

— Elle a perdu sa mère récemment. Et moi j'ai grandi sans.

— Je t'empêche pas d'être son ami. Mais toi, tu veux quitter le village. À moins que tu aies changé d'avis ?

— Au contraire.

— Alors, pourquoi tu me mets des bâtons dans les roues ? Je pense que tu veux prouver que tu pourrais avoir Ida, et que si un jour elle est avec quelqu'un d'autre, c'est seulement parce que le grand Noah Feld l'aura rejetée.

— Dis pas de bêtises.

— Tu veux toujours être le meilleur en tout. C'est pas par hasard si je suis le dernier idiot qui te supporte encore.

— Personne ne t'a rien demandé.

— Sans moi, il te resterait qui ? Reto ? Lui, te déteste plus que quiconque. Avant, il avait un père et une mère. Maintenant, il a un père et un frère. Et vu que le frère en question est un type dans ton genre, normal qu'il ait l'impression d'avoir perdu au change.

— Attention à ce que tu dis.

— Tu sais quoi ? Fais ce que tu veux avec Ida. Voyons

combien de temps passera avant qu'elle aussi se rende compte de ce que tous savent déjà.

— J'ai une meilleure idée. Pourquoi tu ne lui apporterais pas un autre trèfle à quatre feuilles ? Ou une marguerite ? Histoire de la reconquérir.

— Qui t'a parlé du trèfle ?

— T'imagines pas combien on a rigolé hier soir. »

Konstantin devient tout rouge. Il se jette sur Noah et le renverse au sol avec un croche-pied. Les poules picorant autour d'eux s'éparpillent, hystériques.

Noah encaisse un coup de poing, des griffures, un coup de genou dans les côtes. Puis, il se libère de la prise et cloue son adversaire au sol. La main tenant fermement sa gorge, il lève son bras pour frapper, renonce.

« Bravo... dit Konstantin la voix étranglée par la prise. T'as encore gagné. Maintenant, tire-toi du village, comme ça tu pourras montrer au reste du monde comme t'es fort. »

*

C'est une journée ensoleillée. Reto en profite pour travailler dans le champ devant la ferme. Il trempe le pinceau dans le seau et passe une couche de peinture sur un des volets posés sur les tréteaux.

Noah remonte vers la ferme, le visage baigné de larmes, des traces rouges sur le cou.

« Que s'est-il passé ? demande Reto.

— Rien.

— Avec qui tu t'es battu ? Me dis pas que c'est Konstantin.
— Et alors ?
— Je parie que c'est à cause de la fille.
— Fiche-moi la paix.
— C'est ton ami. Et les amis sont précieux. »
L'expression de Noah change. « Précieux comme Emil ?
— Que vient faire Emil là-dedans ?
— C'était ton ami, non ?
— Je vois pas le rapport.
— Je t'ai vu avec Anne l'autre soir près de l'église. C'est pas la première fois que vous vous rencontrez en cachette. »
La mâchoire de Reto se met à trembler. « Celle-ci, tu vas me la payer cher.
— Tu viens de me dire que les amis sont précieux.
— Ça n'a rien à voir. C'est une affaire compliquée.
— Mais oui, bien sûr. Et je parie que depuis qu'Emil a disparu, ça l'est beaucoup moins.
— Qu'est-ce que tu insinues ? »
Noah soupire, prend son temps, lève les yeux vers le ciel. « Dis-moi la vérité. Tu as fait du mal à Emil ?
— Si j'ai fait... Mais qu'est-ce que tu racontes !
— Du mal à Emil. Pour t'assurer qu'on ne le reverrait plus dans le coin. »
Reto empoigne son frère par le col de sa chemise. « C'est le truc le plus stupide que j'aie jamais entendu. Qui t'a mis cette idée dans la tête ?
— Tu n'as rien à craindre, tu peux me faire confiance.
— Écoute-moi bien : ne répète à personne ce que tu viens

de dire. Autrement, ça va mettre une telle pagaille dans le village que je ne te le pardonnerai jamais. Tu en as parlé à Konstantin ? À ta nouvelle petite amie ?

— À personne. Je le jure.

— Bien. Maintenant, oublie Emil et arrête de me suivre. Anne est la personne la plus importante au monde pour moi. Et que je sois damné si je te laisse tout foutre en l'air. »

18

Théodore prépare la dernière charbonnière de la saison. Avant, il défrichait la clairière derrière sa maison. Le garde forestier marquait les arbres à abattre et les coups de hache des bûcherons résonnaient dans l'air pendant des journées entières. Théodore venait ensuite avec sa charrette ramasser le bois coupé. Il en faisait des bûchers qu'il transformait en charbon de bois.

Tout ça c'est du passé, maintenant. Depuis quatre ans, il a abandonné les lieux de sa jeunesse pour déboiser un périmètre près d'un village situé à deux heures de marche. Il a utilisé cette trouée pendant deux saisons avant de se déplacer à nouveau.

Les charbonniers sont connus pour travailler à deux. Théodore avait appris le métier avec son père et, pendant longtemps, il avait prié le Bon Dieu de lui donner un fils afin de perpétuer la tradition. Et Dieu, après avoir ignoré ses suppliques pendant des années, l'avait finalement satisfait. Théodore avait lorgné entre les jambes du nouveau-né. La petite fissure qu'il découvrit ne changea rien à son euphorie : au diable la tradition, il était enfin devenu père.

Pour cette charbonnière, il se fait aider par un garçon du coin, un taiseux qui a toujours la morve au nez. Aujourd'hui, ils ont travaillé sans arrêt ; des dizaines d'allers et retours avec la charrette chargée du bois destiné au bûcher.

En début d'après-midi, Théodore décide que ça peut suffire. «Tu peux rentrer chez toi. On se voit demain à la même heure.»

Il mâche un quignon de pain et se met lui aussi en chemin. Dans quelques jours, il montera une tente et dormira sur place, dans les bois. Mais pour l'heure, il tient à rentrer à la maison, peu importe s'il y arrive épuisé, ayant à peine la force de nourrir Rudi.

Débouchant de la forêt, il remarque aussitôt la fumée s'échappant de sa cheminée. Il s'agenouille derrière un buisson, sort son couteau de la ceinture et s'approche en silence.

*

Bastian Feld a beau être bavard, il lui arrive aussi de ne pas avoir envie de causer. Mais c'est sans compter sur les villageois qui l'arrêtent dans la rue et lui racontent leurs misères: madame Orwhal se plaignant de son fainéant de mari, Wolfgang et ses états d'âme, les jalousies entre paysans, la commune-ci, le canton-là... Sans oublier les questions d'ordre privé, celles dont s'occupait auparavant le pasteur Ueli. Paroles, un flot incessant de paroles.

C'est pour cette raison que, lorsqu'il travaille, Bastian tient sa bouche cousue et garde ses oreilles au repos. Avec Noah ça fonctionne à merveille: signes, coups d'œil, fais ça, passe-moi ceci, peu de mots suffisent, leur duo est rodé.

Ils en sont à rompre le caillé pour en faire du fromage frais quand Reto arrive au pas de course. « Papa, faut que tu viennes. »

Bastian lève les yeux au ciel. « Quoi encore ?

— Arthur Hauser est au village. Il cherche sa femme. Des idiots se sont moqués de lui et ils ont commencé à se battre. »

Bastian ne dit rien, mais n'en pense pas moins : Arthur se comporte bizarrement depuis quelque temps, plus ou moins depuis l'arrivée de la « Nouvelle ». Cette jeune fille qu'il est venu lui présenter alors que c'était un prétexte pour remuer le couteau dans la plaie du passé. Puis il réapparaît chez Aeberhard alors que d'habitude il ne sort pas de sa ferme. Enfin : tout ça l'oblige à admettre qu'il n'a toujours pas rendu visite à Théodore pour vérifier si les soupçons d'Arthur recèlent un fond de vérité.

« Allons-y », dit-il.

Noah attend que son père et son frère soient suffisamment éloignés pour quitter la fromagerie à son tour. Il contourne le village au pas de course, passe par la forêt et en sort près de la ferme Hauser. Il trouve Ida dans l'étable.

« Qu'est-ce qui se passe ? demande Noah. Arthur a fait du grabuge au village.

— Il cherche Greta.

— Je sais. Mais qu'est-ce que... » Il saisit Ida par le bras et l'attire sous la lumière. Son œil droit est fermé et tuméfié, une ecchymose s'étend jusqu'à la pommette. Des croûtes de sang sont collées sous son nez et aux coins de sa bouche. Noah déglutit.

« Qu'est-ce qu'ils t'ont fait ? »

*

Théodore pénètre dans la maison où il est accueilli par une odeur de nourriture. Soulagé, il range son couteau. Le fumet provient d'une casserole sur le feu. Rudi est étendu près de la cheminée. Greta Hauser, assise à table, a le visage strié de larmes.

Il s'approche d'elle, la prend dans ses bras et lui caresse la tête. « Il viendra te chercher, dit-il.

— Ou alors il n'attendait que ça. Que je m'en aille. »

Théodore prend deux bols et sert la soupe. « Tu devrais lui parler. Lui expliquer que...

— Il n'y a rien à expliquer. La fille travaille bien, on ne peut rien lui reprocher. C'est moi le problème. C'est moi qui ne suis pas normale, je suis mal faite.

— Ne dis pas de bêtises. »

Les épaules de Greta s'affaissent, la tête semble disparaître dans son cou.

« Je suis si fatiguée. Parfois, je pense à me...

— Tais-toi ! »

Elle fixe le fond de son bol vide.

Théodore laisse passer quelques secondes, demande : « Tu as des nouvelles d'Anne ?

— Elle continue sa vie. Le père d'Emil l'aide.

— Quand j'aurai terminé cette charbonnière, je pourrai lui donner quelque chose.

— Tu as à peine de quoi vivre.

— Je me serrerai la ceinture.

— Laisses-y un peu de chair tout de même. Et puis, Anne ne mérite pas ton aide.

— Maintenant qu'Emil n'est plus là, c'est différent.

— Tu as dit que ce n'était plus ta fille. Tu as changé d'avis ?

— J'ai dit beaucoup de méchancetés que j'ai regrettées. Ça m'a pris des années, mais je m'en suis repenti.

— Tu sais ce que j'en pense. Mais bon, chacun doit suivre ce que lui dicte son cœur. Tu iras la voir ?

— Pas les mains vides, non. Après la vente du charbon, avec quelques sous et un cadeau pour la petite. »

Greta s'apprête à ajouter quelque chose, mais le grognement du chien la coupe. « Que se passe-t-il ? » murmure-t-elle.

Rudi se lève sur ses pattes et s'élance dehors.

« Je crois qu'on a de la visite », dit Théodore.

*

« Où t'étais-tu caché, bon sang ? demande Bastian à Noah dès que son fils est de retour à la fromagerie.

— Je suis passé voir si Ida allait bien.

— Pourquoi ça ne serait pas le cas ? C'est Greta qui a disparu, pas elle.

— Ils la frappent, papa. C'est déjà arrivé, et ils ont recommencé. On doit l'aider. »

Bastian passe une main sur son visage. « Dans ce cas, il faut avertir le tuteur.

— Ida ne veut pas. Elle a peur. Si je réussis à la convaincre de te laisser parler avec monsieur Hauser, tu le ferais ? Ce n'est pas lui qui la frappe, mais Greta.

— Je n'ai aucun pouvoir pour intervenir, tu sais ça ? Les Hauser ont l'autorité parentale. S'ils décident qu'une punition s'impose...

— On peut punir sans frapper.

— Tu crois qu'Ida est la première à se prendre quelques claques ?

— Non, mais...

— Et alors, que devrais-je faire ? La tournée des fermes pour tirer les oreilles aux parents qui frappent leurs enfants ? Et qui fera notre fromage ? »

Noah secoue la tête. « C'est injuste, elle ne peut pas se défendre.

— Je n'ai pas dit que c'était juste. Mais c'est ainsi, le système veut que ce soit au tuteur de veiller sur les enfants placés.

— Bien sûr. Et il veille sur Ida depuis son bureau avec une boule de cristal.

— Ça suffit, Noah ! J'ai déjà assez de soucis comme ça, et bien plus importants. Je t'avoue que j'en ai assez de servir de paratonnerre pour chaque problème dans le village.

— Ida aussi mérite qu'on s'occupe d'elle.

— Il nous faut un nouveau pasteur, et vite. Pas un vieux rétrograde comme Ueli, mais quelqu'un qui voit le monde comme moi. On ne sera pas trop de deux pour se partager les problèmes et expliquer à certains de ces arriérés qu'on n'est plus au Moyen-Âge.

— Tu as entendu ce que j'ai dit, papa ? Ida est aussi importante que les autres. Peut-être que tout le monde se fiche des enfants placés, mais pas moi. Ida est mon amie.

— J'ai entendu, fiston. Je verrai ce que je peux faire. Laisse-moi d'abord résoudre un autre problème, ensuite je m'occuperai d'Ida, promis. »

*

Face au chien qui grogne, Arthur se garde bien de faire un nouveau pas vers la maison. « Elle est ici ? demande-t-il.

— À l'intérieur, dit Théodore. Elle se repose.

— Je la cherche depuis des heures. Elle a disparu sans m'avertir.

— Elle doit avoir ses raisons. Peut-être que tu devrais y réfléchir.

— Et moi, je me demande quelles sont tes raisons à toi, le vieux.

— On se soutient, c'est tout. Au nom de l'amitié qui liait Greta à ma femme.

— C'est ça, dit Arthur la bouche déformée par une grimace. Ta femme...

— Va-t'en. Et interroge ta conscience sur ce qui se passe sous ton propre toit.

— Ma conscience est tranquille. La tienne, aussi ? »

Théodore se penche en avant et ébouriffe le poil du berger allemand. « Mon père disait que lorsque le printemps arrive, mieux vaut tenir les chiens en laisse. Mais les yeux vont tout de même là où ils veulent, n'est-ce pas ?

— Je veux parler avec ma femme.

— Greta va bien, elle reviendra bientôt. Si tu n'es pas stupide, tu auras retenu la leçon.

— Et toi, tu devrais apprendre à t'occuper de tes affaires.

— Renvoie la fille. Pour le bien de tous. »

Arthur crache par terre et s'en va.

Théodore met les mains à sa bouche comme un entonnoir, et imite les aboiements d'un chien. « N'oublie pas la laisse. Et mets-toi aussi un bandeau sur les yeux.

— C'est ta fille que t'aurais dû tenir en laisse ! »

Le charbonnier se redresse et s'engouffre aussitôt dans la maison. Quand il réapparaît avec son fusil dans les mains, Arthur a disparu.

*

La pleine lune se reflète sur la surface de l'eau.

C'est une soirée idéale, comme il y en a seulement deux ou trois par an. Noah est allongé dans la barque, son épaule appuyée contre celle d'Ida. Il semble impossible de troubler la magie d'un tel moment, mais c'est oublier la maladresse de Noah, maître dans ce genre de situation. Pourquoi lui a-t-il parlé de cette femme qui s'est noyée ? Ce n'était pas difficile de prévoir que ça jetterait un froid.

« Retournons à terre, s'il te plaît. »

Noah manœuvre la proue en direction du ponton. Il se sent idiot. Ce soir, il était sorti pour vérifier qu'Ida allait bien et pour la convaincre d'accepter que Bastian intervienne. Mais Ida avait d'autres projets.

Il avait décidé de lui faire plaisir, et plus les minutes passaient, plus il s'était rendu compte de combien elle avait besoin de s'éloigner de cette maison. Il l'avait emmenée au lac, ils avaient contemplé les étoiles et Ida paraissait presque heureuse. Mais ensuite, il s'était mis à parler de mort et de souffrance, et il avait tout gâché.

« Désolé de t'avoir raconté cette histoire, dit-il alors qu'ils marchent vers la ferme. Je n'aurais pas dû. »

Il regarde son visage encore marqué par les coups, pense à la cruauté des paysans. « Laisse-moi parler à mon père. Tu verras qu'on trouvera une solution.

— Quelle solution ? M'envoyer dans une autre famille ?

— Tous les paysans ne sont pas des brutes. Il y a aussi de braves gens.

— La seule chose que peut faire ton père est d'appeler le tuteur. Les Hauser diront que je suis une fainéante, une bonne à rien. Et après ? Je finirai dans un institut. »

À ces mots, tout s'éclaire pour Noah. La solution, la solution véritable, il l'a toujours eue sous les yeux. Il se demande pourquoi il n'y a pas pensé avant. « Dans ce cas, c'est moi qui t'emmènerai loin d'ici. »

19

Quelques jours plus tard, Bastian décide que le moment est venu de prendre son courage à deux mains et se rend chez Théodore.

La forêt s'ouvre comme un rideau de théâtre sur la clairière. Le silence qui l'entoure est le même que quatre ans auparavant, lorsque le pasteur et lui étaient partis du village en catimini, une lampe à huile éclairant le sentier. Le chien n'avait pas aboyé, comme s'il avait été conscient de la gravité du moment. Catherine était étendue sur le lit. De loin, on aurait pu croire qu'elle dormait, mais son visage était gonflé, ses joues marquées par le lacis des capillaires éclatés. Les cheveux mouillés formaient une auréole sur l'oreiller.

Aujourd'hui, le chien ne bouge pas. Ses yeux fatigués le suivent jusqu'au seuil de la maison et, de nouveau, Bastian ne peut s'empêcher de penser que les yeux de l'animal ont déjà tout compris.

Théodore ne semble pas surpris de le voir. Il a vieilli, son corps est alourdi par les années et par cette solitude qui le tient comme suspendu au-dessus de la béance de sa clairière. L'œil à demi fermé par cette paupière qui s'est affaissée sans raison apparente, comme pour indiquer que quelque chose dans sa vie a mal tourné.

Face à un tel visage, Bastian se sent plus vieux tout à coup. Sa faiblesse à la hanche passe de la gêne à la douleur.

« Du temps a passé, dit Théodore.

— C'est ce que je me dis. Mais à présent que je suis là, j'ai l'impression que c'était hier.

— Comment va Ueli ?

— Comme un vieil homme après un hiver rude.

— Dans les villages voisins, on prétend qu'il a perdu la raison. Que ses souvenirs disparaissent dans le brouillard.

— Si la rumeur est arrivée jusque-là, c'est qu'elle est vraie.

— Ça doit être agréable, dit Théodore. Le passé qui se fond dans une mer de néant.

— C'est ce qui t'arrive à toi aussi ?

— Non, mais je garde espoir.

— Dans ce cas, tu dois te souvenir que tu nous as fait une promesse, à Ueli et moi.

— Bien sûr, je n'ai pas oublié.

— Et tu as tenu parole ?

— Qu'est-ce qui te fait croire le contraire ?

— Tu sais qu'Emil n'est plus au village, n'est-ce pas ?

— Je me fous du village. Mais si je dois savoir une chose, tu peux être sûr qu'elle trouvera son chemin jusqu'à mon oreille.

— Greta Hauser, dit Bastian. Je sais que parfois elle vient te voir.

— Je n'ai besoin de personne. Mais elle était proche de ma femme. J'essaie de remplir cette absence-là, pas le contraire.

— Maintenant, le vide, c'est Emil qui l'a laissé.

— Parfois, un vide peut être positif.

— On dirait que son départ te réjouit.

— Pourquoi tu poses des questions auxquelles tu peux répondre tout seul ?

— Peut-être parce que tes réponses m'aiguillent vers une autre question.

— Alors, tu devrais me poser celle-là.

— Arthur Hauser t'a entendu discuter avec Greta à propos d'Emil.

— Pose ta question, Bastian. »

Le maire soupire, passe la main sur son visage, surpris par la sensation piquante de la barbe. Ce matin, il a oublié de se raser. « Tu as à boire ?

— De l'eau. Et du lait.

— Je ne sais même pas pourquoi je suis venu ici. Tous, Anne comprise, sont convaincus qu'Emil est parti, abandonnant le village et sa famille.

— C'est ce que j'ai entendu moi aussi.

— Je boirais volontiers un verre.

— Il y a un bar au village. Tu peux aller là-bas. »

Bastian frappe son poing sur la table. Il indique la chambre à coucher. « On a fait un pacte. Ueli a offert à Catherine des funérailles à l'église, même si...

— Et je vous en saurai gré pour toujours. »

Bastian se lève. Il enfonce les mains dans les poches afin de contenir ses tremblements.

« Je m'en vais. Mais un de ces jours je reviendrai te poser ma question.

— Attends. J'ai une faveur à te demander. »

Il tapote sur la table avec son index. « Tu as déjà vu quelqu'un sombrer dans la folie ? La femme qui s'est jetée dans ce lac n'était pas ma Catherine. J'ai couvé ma rage pendant des années, je m'en suis servi pour étouffer un sentiment trop douloureux. La vérité, c'est que Catherine n'a plus été la même après la naissance d'Anne. Ce qui s'est passé avec Emil a seulement précipité les événements. Ne te méprends pas : Emil n'a pas d'excuses et Anne a sa part de responsabilités. Mais il n'est plus là. Et il y a une enfant de quatre ans qui, paraît-il, est magnifique. »

Assis à la table de sa maison vide, le grand Théodore apparaît soudain petit, comme rétréci. Il scrute le crépuscule par la fenêtre. « Je travaille, je marche, je mange. Je fonctionne. Mais c'est comme si, au-dedans, j'étais mort. Chez Anne, par contre, il y a la vie. »

Bastian sent les larmes monter au bord de ses yeux.

« Je n'ai pas honte de demander pardon. J'espère seulement qu'Anne voudra m'écouter.

— Je lui parlerai. Je suis sûr qu'elle en sera très heureuse. »

Bastian sort de la maison et rejoint le sentier. Dans le regard du chien qui l'accompagne, il lui semble lire une étincelle d'approbation. Il est sur le point de s'enfoncer dans le bois quand la voix de Théodore vibre dans son dos :

« J'ai fait peu de promesses dans ma vie. »

Bastian se retourne. Il ne voit que le sentier désert, recouvert par l'ombre des arbres.

« Mais j'ai toujours tenu parole. »

*

Konstantin se lave les mains dans la fontaine de la ferme. Le sang presque noir remonte jusqu'aux coudes.

Noah arrive dans son dos. « C'est quoi tout ce raisiné ? »

L'autre lui adresse à peine un regard. « Une chèvre a mis bas. L'utérus s'est décroché.

— Je suis venu te demander pardon. »

Konstantin secoue ses mains pour les sécher. « Moi aussi, je suis désolé. Pour ce que j'ai dit sur ton frère.

— On se disputait, ça ne compte pas.

— Mais quand même, j'ai exagéré.

— Et pour ce qui est d'Ida...

— N'en parlons plus. Si tu veux faire la paix, faisons la paix. »

Noah tend sa main et Konstantin fait pareil. Elle est encore froide de l'eau de la fontaine. « La chèvre est morte ?

— On a tenté de remettre l'utérus en place, mais ça n'a pas marché.

— Et le chevreau ?

— Mort lui aussi. »

Noah baisse les yeux.

« Qu'est-ce qui te prend, ce sont des choses qui arrivent.

— Je retourne à la fromagerie. Content qu'on ait fait la paix.

— Moi aussi. »

Noah sent un nœud se former dans sa gorge. Tout en

marchant, il se demande pourquoi la nature est aussi mal fichue. Avec tous les problèmes qu'il peut y avoir dans une vie, au moins la naissance devrait se dérouler sans anicroche. Pourtant, il sait bien que la nature n'est responsable qu'en partie. L'homme peut agir pour réduire de tels risques. Dans les villes, par exemple, beaucoup de femmes accouchent dans des hôpitaux et pas à la maison, dans leur propre lit avec une vieille sage-femme à moitié folle et un docteur qui met des heures à arriver.

Lorsque le village apparaît à sa vue, son irritation se transforme en mépris.

Tu me manqueras pas, pense-t-il. *Tu me manqueras même pas un peu.*

*

De retour au village, Bastian s'arrête chez Aeberhard. Il commande un verre de kirsch. Sa main tremble quand il le porte à ses lèvres.

« Tout va bien ? demande Édith.

— Je viens juste d'avoir une grosse frayeur. C'est derrière, maintenant, mais mes nerfs l'ignorent encore. Je bois un verre pour leur transmettre le message.

— Un remède infaillible.

— Donne-m'en un autre tant que tu y es. Celui-ci est pour trinquer.

— À la santé de quoi ?

— Un problème en moins dans ma vie. *Prosit.* »

Édith se sert un verre et l'accompagne. « Si de la place s'est libérée dans tes pensées, je peux te faire part d'une des miennes ?

— Pitié, pas aujourd'hui.

— Rassure-toi, c'est positif. On est plusieurs à penser qu'Anne devrait reprendre l'enseignement à l'école du village. On voudrait en parler à la prochaine assemblée.

— Vous rencontrerez des réactions hostiles, tu sais ça ?

— Oui, mais on tient à donner notre avis. Anne est appréciée par la plus plupart d'entre nous. Même ceux qui ont été choqués par sa grossesse ont admis qu'elle s'était bien rattrapée en se mariant tout de suite. C'est plutôt Emil qu'ils n'aimaient pas.

— Anne est au courant ?

— Pas encore.

— Tu penses qu'elle sera d'accord ?

— Elle adorait être avec les enfants. Il est clair qu'avec tout ce qu'elle a enduré, elle n'ose pas le proposer elle-même. Mais si elle apprend que la majorité est avec elle...

— Tu peux compter sur moi. Commençons par en toucher un mot à ceux qui la soutiennent. Plus nombreux nous serons, mieux ce sera.

— Magnifique. » Elle veut lui servir un nouveau kirsch, mais Bastian pose sa main sur le verre.

« Deux, c'est bien suffisant. Je suis le maire, tout de même. » Il lui adresse un clin d'œil. « Je dois donner l'exemple. »

De retour à la ferme, Bastian trouve Noah occupé à presser le fromage dans les moules ; il le regarde travailler, le temps de charger sa pipe, avant de claquer des doigts.

« Viens ici, fiston. J'ai pris un engagement avec toi, tu te souviens ?

— Un engagement ? demande Noah, surpris.

— J'ai réfléchi et tu as raison. Les tuteurs se désintéressent de ces gosses et l'opinion tend à fermer un œil, à faire comme s'il n'y avait jamais de problèmes. La vérité n'éclate jamais au grand jour et on la découvre quand il est trop tard. J'irai aujourd'hui même parler à Arthur. »

Noah reste silencieux.

« Tu as entendu ? J'ai dit...

— Je ne suis plus très sûr que ce soit une bonne idée.

— Mais l'autre jour tu m'as fait une tête comme un ballon !

— J'en ai discuté avec Ida : elle m'a expliqué que la situation n'est pas si grave. Si tu interviens, le tuteur le saura et il la placera ailleurs, dans une maison de correction ou chez les bonnes sœurs. Ça sera pire que tout. »

À ce moment apparaît Reto, un sourire imprimé sur le visage. « Devinez quoi ? Quelqu'un s'est présenté pour le poste de menuisier. »

*

Les lumières de la ferme Hauser sont éteintes.

Noah charge sa fronde et vise la fenêtre du débarras. Les

battements de son cœur s'accélèrent : Reto reviendra bientôt pour aider son père et la voie sera enfin libre. À l'intérieur de lui, quelque chose voudrait s'échapper depuis cette nuit au lac où Ida lui a confié ce qui est arrivé à sa mère.

Lui aussi a perdu sa maman. Il connaît la douleur causée par la souffrance mêlée de culpabilité. Ce soir, à son tour, il lui racontera tout. Ils se regarderont dans les yeux et il lui dira que leur fuite n'est pas simplement celle de deux jeunes gens quelconques, mais celle d'une fille et d'un garçon que le destin a fait se rencontrer pour une raison précise.

Ida apparaît à la fenêtre.

« Tu peux sortir ? demande Noah, qui contient mal l'excitation dans sa voix. J'ai du nouveau. »

Ida est aussi impatiente que lui, et il ne tarde pas à en découvrir la raison : c'est son anniversaire. Pour fêter ça, elle veut aller au cabanon, passer une nuit spéciale, se sentir libre, loin des Hauser et de la ferme. L'idée lui plaît : ils allumeront une bougie, ils se faufileront sous une couverture et parleront jusqu'à l'aube.

Ils marchent vite, impatients d'y être déjà. Mais lorsqu'ils arrivent au pied de la colline, Noah se fige. La lueur qu'il aperçoit entre les arbres ne peut signifier qu'une seule chose. Il se remémore la conversation entendue à l'église entre son frère et Anne. Auraient-ils choisi ce soir-là pour occuper les lieux ? Si c'est le cas, peu importe. Il emmènera Ida ailleurs. On s'en fiche, du lieu, l'important c'est ce qu'il doit lui dire. « Attends-moi ici. »

Il monte la pente, s'avance en silence jusqu'au cabanon et s'accroupit sous la fenêtre allumée. Il allonge son cou pour regarder.

La vitre lui renvoie l'image floue de son visage ; quand l'intérieur de la cabane apparaît derrière son reflet, dans les yeux de Noah miroitent d'abord la surprise, puis la peur. Il tombe à la renverse comme foudroyé. La respiration se bloque dans sa gorge. Il court jusqu'au bas de la colline, glisse, tombe, se relève, ses paumes brûlent, du sang coule entre ses doigts.

Il raconte à Ida la première idée qui lui vient à l'esprit : Reto et Sepp sont en pleine beuverie. Elle ne semble pas convaincue, mais Noah a déjà la tête ailleurs : il se demande comment expliquer à son frère que son pire cauchemar vient de se matérialiser.

*

Reto dort avec la couverture sur la tête et ses pieds qui dépassent.

« Réveille-toi », chuchote Noah. Il le secoue, lui pince l'orteil.

« Qu'est-ce que tu veux ? répond son frère en grognant.

— D'abord te demander pardon pour ce que j'ai dit sur toi à propos d'Emil. Je sais que tu ne lui as pas fait de mal. »

Sa tête émerge de la couverture. « Tu m'as réveillé pour ça ?

— Tu ne lui as rien fait il y a trois mois, mais il faudra t'en occuper maintenant. Surtout si toi et Anne avez des intentions sérieuses.

— Intentions... Que diable dis-tu ?

— Il est revenu. Il se cache dans le cabanon près du lac. »

Reto cesse de respirer. Son visage pâlit, ses paupières tremblent. Il saute du lit, enfile ses vêtements. « Retourne dormir.

— Je t'accompagne. C'est moi qui l'ai trouvé, je veux t'aider.

— M'aider à quoi ?

— Tu pourrais avoir besoin de moi. »

Reto cherche le trou de sa ceinture. « Mon seul besoin est que t'ailles au lit. Je n'ai pas le temps de discuter.

— Alors il faudra te débarrasser de moi, et je te promets que je vendrai cher ma peau. Tu as du temps à perdre pour ça ?

— Et t'appelles ça aider, espèce d'idiot ?

— Je resterai dehors, au cas où. Dis-toi que si c'était pas pour moi...

— Sûr que c'est lui au moins ?

— Emil, en chair et en os.

— Bon, viens si tu veux. »

Son visage est un concentré d'émotions disparates, mais il semble à Noah y déceler une pointe de gratitude.

Son cœur s'embrase comme une torche.

Reto prend une profonde inspiration avant de pousser la porte du cabanon. Emil Reus est assis devant la cheminée, de dos. Il ravive le feu avec les pointes fourchues du tisonnier et boit au goulot d'une bouteille de *plümfli*. Une paire de godillots sèche près de ses pieds nus. Une valise ouverte sur le divan, à l'intérieur un tas de vêtements froissés, un chapeau, un roman en édition de poche.

Emil se retourne. Il a laissé pousser sa moustache pour un maigre résultat : on dirait une brosse à dents usée. « Salut Reto, dit-il.

— Qu'est-ce que tu fous ici ?

— Je vous attendais. Toi ou ton père.

— Et pour quelle raison ? »

Il se lève. « J'ai besoin de votre aide. Les choses n'ont pas marché comme je l'espérais.

— C'est-à-dire ?

— Je n'ai plus un rond. Et depuis que je suis parti, je n'ai pas été heureux une seule journée.

— Ici non plus, tu ne l'étais pas.

— Mais j'avais une vie paisible. Tu dois m'aider, mon ami. Ton père peut me sortir du pétrin. Il s'agit de parler à mon vieux et de dire la bonne parole au reste du village. Il pourrait même convaincre le pasteur de faire un beau sermon sur le pardon, histoire de calmer les esprits.

— Et Anne, tu l'as oubliée ? Elle ne te pardonnera jamais.

— Sauf qu'il y a Nadia. Et pour son bien, elle sera prête à...

— Tu l'as abandonnée, elle aussi.

— J'ai fait une connerie. Plus d'une, en fait. Mais j'ai retenu la leçon. J'ai vécu toutes ces années en croyant que le bonheur était ailleurs, et maintenant que je l'ai poursuivi, je me rends compte que ce n'est pas le cas. Crois-moi : si tu grandis dans un trou comme le nôtre, tu finis par t'y habituer. Et lorsque tu te retrouves du jour au lendemain dans un endroit avec des gens différents, t'as beau en avoir marre de ces montagnes, t'es pris de nostalgie.

— Dis plutôt qu'une fois dépensé le fric volé à ton père, t'as pas été capable de trouver un travail honnête.

— J'ai essayé. Mais ce n'est pas facile et...

— T'as toujours été un bon à rien. On le sait tous les deux. »

Emil s'avance d'un pas. Sa pomme d'Adam démesurée remue de haut en bas. « Tu n'as pas l'air content de me voir. »

Reto ne dit rien.

« Quand je ne parvenais pas à me décider à partir, tu y as mis du tien pour me convaincre. Je pensais que tu le faisais pour mon bien.

— Et c'était vrai.

— Mais quand je vois comment tu me regardes maintenant, j'ai un doute tout à coup.

— Tu n'étais pas heureux au village, et on a tous le droit de chercher son bonheur, ici ou ailleurs. Tu as fait ton choix. Maintenant, il est trop tard pour revenir en arrière. »

Emil écarte les bras, les laisse retomber. « C'est bon, j'ai compris. Je me débrouillerai tout seul. Demain, j'irai trouver mon père, je prendrai sur moi les insultes et même les coups, s'il le faut. Et puis, j'irai chez Anne.

— Calme-toi, espèce d'idiot.

— C'est à eux que je dois demander pardon. Le reste du village, je m'en fous.

— Calme-toi, j'ai dit. Je parlerai à mon père.

— À la bonne heure ! Il te fallait tous ces détours pour y arriver ?

— C'est lui qui décidera. Je ne te promets rien.

— Je sais de quel bois est fait ton père. Je suis confiant. »

Reto se mord la lèvre. « On verra ça demain. Entre-temps, c'est mieux si tu restes ici. »

Emil le saisit par les épaules et sourit. « Je savais que je pouvais compter sur toi. »

20

Reto taquine ses œufs au plat avec le bout de sa fourchette. Coudes sur la table, menton dans sa main.

« Quelque chose ne va pas ? demande Bastian.

— J'ai mal dormi, voilà tout.

— C'est ça, dit Noah. Il a dû faire un cauchemar. »

Le père s'essuie la bouche avec sa serviette, se lève et remonte son pantalon. « Finis ton petit-déjeuner, ça va te requinquer. Je vais à l'étable. »

À peine est-il sorti de la cuisine que Reto déverse le contenu de son assiette dans celle de son frère. Il monte dans la chambre et redescend vêtu de sa combinaison de travail. Une flasque d'alcool dépasse de la poche de la salopette.

« C'est ça, ta grande idée ? demande Noah.

— C'est pour me donner du courage.

— Courage pour quoi ?

— À midi, je parlerai avec Anne. Ensuite, j'irai à la cabane. »

Noah tranche ses œufs. « Pour l'instant, personne n'est au courant de son retour.

— Et alors ?

— Si Anne l'apprend, tout va changer.

— Je sais ce que je fais.

— T'es sûr ? » Du menton, il indique la bouteille qui dépasse.

Reto l'ôte de sa poche et la pose sur la table. « Garde-la. Pour digérer tes œufs. »

À l'heure du déjeuner, Reto se dirige vers les nouvelles habitations. Il regrette de ne pas avoir emporté la bouteille. Avaler une petite goutte pour sentir ce feu dans la gorge et la poitrine, juste ce qu'il faut pour libérer son esprit et trouver les mots. Le problème – il le sait bien – est qu'une gorgée de trop provoque l'effet contraire.

Anne ouvre la porte : « Qu'est-ce que tu fais ici ?

— Il faut qu'on parle.

— Tu ne peux pas te présenter chez moi chaque fois que...

— L'autre soir, à l'église, tu m'as dit que si Emil revenait, il n'y aurait plus d'espoir pour nous. Tu le pensais vraiment ? »

Anne l'attire à l'intérieur, referme la porte.

« Je ne dis pas ce que je ne pense pas.

— Si nous voulons être ensemble, on le sera. On s'en fiche d'Emil. »

Sur la table, le narcisse cueilli par Reto sert de marque-page dans un vieux livre de recettes ouvert.

« Je sais les sentiments que tu as pour moi. J'ai beau en avoir pour toi moi aussi, notre situation n'est pas la même. Tu es libre, moi j'ai une fille, et j'ai encore un mari quelque part. Tu es un homme droit, Reto, un beau garçon, et moi, eh bien, moi je suis comme tout le monde : je n'aime pas être seule. Cela n'empêche pas que notre futur soit plein d'incertitudes.

— Je t'aime, Anne. »

Elle lui prend la main. Un sourire triste se dessine sur ses lèvres. « Je sais.

— Si tu n'es pas encore amoureuse, peu importe. Je suis sûr que si tu m'en donnes l'opportunité...

— Je sais ça aussi. Mais tu dois te montrer patient.

— Et si Emil revenait entre-temps ? Je pourrais quand même espérer ? »

Anne laisse aller sa main. « Quand il était ici, tu espérais déjà ?

— Je souhaitais qu'il s'en aille.

— Si Emil revient, tout sera comme avant. Je ne sais même pas pourquoi nous avons cette conversation.

— J'ai besoin que les choses soient claires. »

Anne croise les bras. « Je t'ai demandé de la patience. Si tu ne veux pas me l'accorder, tant pis pour toi.

— Si Emil revient, ce sera pire pour toi aussi. Tu passeras le restant de tes jours en compagnie d'un homme qui ne t'aime pas, qui ne te désire pas, et qui n'a pas hésité une seconde à t'abandonner avec la petite. Et au nom de quoi ? Du mariage ? Je crache sur les mariages.

— Vaut mieux que tu t'en ailles, maintenant.

— C'est bien d'être patient, mais...

— Tu m'as entendue ? Ne rends pas la situation plus compliquée. »

Reto ouvre la bouche pour parler, se mord la langue et sort de la maison.

Anne l'observe derrière la fenêtre. Une larme coule sur sa

joue. Elle la cueille avec l'index, l'observe dans le contre-jour. Puis l'essuie sur sa jupe et retourne dans la cuisine préparer le repas.

*

Noah n'a pas le cœur à travailler. Il fait le minimum indispensable pour ne pas attirer l'attention de son père. Le reste du temps, il le passe à traînasser dans le champ devant la maison, sa fronde dans les mains et peaufinant son tir.

Entre deux jets de pierre, il garde un œil sur le village et le sentier menant à leur ferme. À peine aperçoit-il son frère qu'il court vers lui. « Alors ? Tu as vu Anne ?

— Je lui ai parlé, oui.

— Et... ?

— Et rien. Les choses iront comme elles devront aller. Emil reviendra au village et on verra bien ce qui se passera. Dans tous les cas, mon rêve touche à sa fin.

— Pas forcément.

— Je ne crois plus aux contes de fées.

— Je te l'ai déjà dit : à part nous, personne n'est au courant qu'il est au cabanon. Personne ne sait qu'il est revenu, personne ne l'attend.

— Et alors ?

— Et alors, il suffit de le faire disparaître. »

Reto cligne des yeux, fixe son frère avec un regard neuf, comme s'il voyait un inconnu. « Le faire disparaître ?

— C'est encore ce qu'il y a de plus simple.

— Tu te rends compte de ce que tu dis ? Tu devrais avoir honte. Ce n'est pas comme ça qu'on résout les problèmes.

— Peut-être pas toujours. Mais une fois dans sa vie, oui. »

Reto plisse les lèvres dans une grimace. « Je ne suis pas ce genre d'homme. J'ai eu ma chance et j'ai joué mes cartes. Je suis disposé à faire beaucoup pour Anne. Mais pas ça.

— Alors, je le ferai pour toi.

— Ça suffit avec ces délires.

— Pour toi, je ferais n'importe quoi. » La voix est altérée par l'émotion. « Je te le dois.

— Tu me dois rien du tout. Tu n'as rien fait de mal.

— Je veux t'aider à réaliser ton rêve.

— Et j'apprécie. Comme j'apprécie le fait que tu sois venu m'avertir la nuit passée. Je sais que tu ne penses pas vraiment ce que tu dis. Tu es un brave garçon. Et moi, j'essaie de changer. Laisse-moi un peu de temps et tu le verras toi aussi. Je sais que je ne me suis pas toujours bien comporté à ton égard. »

Le soleil est haut dans le ciel. Le vent transporte le parfum des arbres depuis la forêt.

« En vérité, fait Reto, il reste un dernier espoir. Emil a toujours manifesté le désir de s'en aller, mais il cache autre chose. Je vais lui faire comprendre que s'il décide de revenir, son secret sera révélé au grand jour.

— Quel secret ?

— Je te raconterai, promis. » Il pose sa main sur son épaule et la serre, avant de se diriger vers la forêt.

Noah pose sa main là où Reto avait posé la sienne. Il ne

veut pas laisser sa chaleur s'échapper. Il essaie d'imaginer comment serait cette chaleur si elle l'enveloppait tout entier, si son frère le prenait une fois dans ses bras. Il attend encore un peu, puis lui emboîte le pas à distance.

*

Emil a rempli deux verres de *plümfli*, mais Reto n'a rien bu. Il parle d'une voix monocorde.

Emil écoute, chaque parole semble accentuer la pâleur de son visage. « Donc, il ne veut rien savoir ? demande-t-il.

— Désolé. J'ai essayé comme j'ai pu.

— Ce village pourri avec ses habitants demeurés ! Des paysans ignares vivant encore au temps de leurs ancêtres alors que le reste du monde évolue.

— Tu dois comprendre que mon père...

— Ton père ! Je pensais que lui, au moins, était intelligent. Je n'ai pas d'autre choix que de faire à ma façon.

— Tu devrais plutôt retourner d'où tu viens. Faire une nouvelle tentative. Si le problème est l'argent, je peux te donner un coup de main. »

Emil fronce les sourcils, passe le doigt sur le rebord du verre. « Là-bas, je suis un poisson hors de l'eau. Je me suis résigné : j'ai grandi ici et j'ai une fille. Manifestement, c'est tout ce que peut m'offrir l'existence. » Il se lève de sa chaise. « Allez au diable, tous ! Je me fous de ce qu'on peut penser de moi. Les seuls auxquels je dois rendre compte sont mes parents, ma fille et Anne. Ce sont eux qui décideront. S'ils ne me veulent plus dans leurs pattes, je m'en irai. Dans le cas contraire, il faudra vous réhabituer à voir ma sale tronche. » Il se déplace vers la cheminée et chausse ses godillots crottés.

Reto se place entre lui et la porte. « Tu as déjà fait assez souffrir ces pauvres gens. »

Emil enfonce sa main dans la poche, ouvre sa paume et montre son alliance. Il l'enfile à son doigt et la regarde briller. « Je l'avais presque oubliée, celle-là. Ça sera ma meilleure arme. Je suis toujours son époux, marié avec la bénédiction de notre Seigneur. S'il y a une chose qui compte au village, c'est bien ça.

— T'es un beau salopard.

— Pourquoi t'es si fâché ? Tu as un truc à me dire ?

— Tu n'aurais pas dû revenir.

— Tu crois que je ne sais pas lire dans tes yeux ? Chaque fois que je prononce le nom d'Anne, ta réaction en dit long sur ce que tu caches.

— Il n'y a rien à cacher.

— J'y ai songé quand j'étais là-bas. Pourquoi Reto a mis tant d'énergie pour me convaincre de partir ? Parce qu'il était mon ami et souhaitait le meilleur pour moi ? Ou parce qu'il n'attendait que mon départ pour prendre ma place et poser ses fesses à l'endroit qu'il convoitait ? Qu'en dis-tu, mon ami ? Je brûle ? »

Reto ne répond pas. Les mâchoires serrées, le visage tendu.

« Je brûle, dit Emil. Mais tu sais quoi ? Tes fesses n'y sont pas encore installées et cette alliance dit que cette place est encore à moi. Tu sais ce que je pense ? Que tu n'as même pas parlé à ton père. Dis-moi si je me trompe. »

L'autre reste silencieux.

« J'ai été bien naïf de te faire confiance. J'ai eu des soupçons cette nuit, mais je t'ai laissé le bénéfice du doute. Maintenant, tout est clair.

— Tu te trompes. Tu es bien loin du compte. »

Une expression diabolique déforme le visage d'Emil. Il s'approche et chuchote à l'oreille de Reto. Son haleine empeste l'alcool et le tabac. « Tu sais quoi ? J'espère que t'es allé jusqu'au bout. Ça ferait bien mon affaire, tiens ! Qu'est-ce qui est pire : le mari quittant trois mois le nid conjugal ou sa femme écartant les jambes à son meilleur ami trois jours après son départ ? »

Reto le pointe du doigt. « Ne lui manque pas de respect.

— Ça ne serait pas la première chose qu'on partagerait, n'est-ce pas ? Ou t'as oublié ça aussi ?

— Je me souviens surtout de ce que tu m'as raconté. Et j'ai bien mon idée sur ce que *toi*, tu as pu faire trois jours après ton arrivée en ville.

— Bravo. Et alors ?

— Si tu remets les pieds au village, tout le monde le saura. »

Un haussement d'épaules : « Les ragots d'un homme jaloux.

— La vérité a un son particulier. Tu verras que je trouverai des oreilles attentives.

— Vas-y, te gêne pas. Au contraire, tu sais quoi ? Pendant que tu y es, dis-leur toute la vérité. Dis-leur qu'à l'intérieur de moi, je suis séparé en deux depuis mes 14 ans. Que j'ai tenté d'exorciser ce que je suis en sacrifiant des bêtes tellement j'étais désespéré. Que j'ai même essayé le mariage. Jusqu'à ce que j'accepte enfin ce que je suis. Mais il est trop tard. Dieu a gagné, tu comprends ? J'ai épousé une femme, j'ai procréé, j'ai fait mon devoir pour l'espèce. Le monde tourne et l'humanité continue. Raconte ce que tu veux, ce sera ta parole contre la mienne. Maintenant, pousse-toi, ne mets pas ma patience à l'épreuve, déjà que tu m'as menti à propos de ton père et que tu m'as éloigné pour me voler ma femme.

— Je ne t'ai rien volé.

— Peut-être que si tu es sage, je te la prêterai de temps en temps. Tu sais que moi, le devoir conjugal, je m'en passe volontiers. » Il lui adresse un clin d'œil. « Une fois par mois, qu'en dis-tu ? À condition qu'Anne soit d'accord. »

Le coup de poing de Reto est rapide, mais Emil s'y attendait, esquive, et réplique avec une droite à l'estomac qui le plie en deux.

Il est sur le point de le frapper à nouveau quand la porte du cabanon s'ouvre en coup de vent.

« Laisse-le ! hurle Noah.

— Ah ! Je vois que t'as amené le frérot ? »

Reto saisit le garçon et le pousse de côté. « Il m'a suivi. Il me suit tout le temps.

— N'aie pas peur, Noah. On était juste en train de discuter. On a un peu haussé le ton, mais ce n'est rien de grave. Bien au contraire. Comme t'es là, peut-être que tu peux nous aider à éclaircir un point.

— Ne l'écoute pas, intervient Reto. Retourne à la ferme.

— Ma pauvre petite Anne devait se sentir bien seule. Reto l'a remarqué, et il s'est sacrifié par amitié pour lui tenir compagnie. Et il est tellement altruiste qu'il est prêt à l'oublier. Qu'en penses-tu, Noah ? Me dis pas que t'en sais rien. Entre frères, on se confie tout, non ?

— Ça suffit, dit Reto.

— Ou alors je me trompe ? Parce qu'entre vous, ça ne marche pas ainsi, n'est-ce pas ? Il t'utilise quand ça l'arrange, te demande de l'accompagner ici pour couvrir ses arrières. Mais il ne se confie pas à toi comme il le ferait avec un ami. Au fond, il t'a toujours détesté pour ce qui est arrivé à ta mère.

— Ferme-la ! gronde Reto.

— Je lui ai toujours dit que c'était un crétin. Tu n'y es pour rien, Noah, tu essayais seulement de naître, c'est pas ta faute si ta tête était un peu trop grosse. Tu as sans doute mis un peu trop d'énergie à vouloir sortir, mais parbleu, c'est l'instinct. Ça ne se contrôle pas. »

Les yeux de Noah deviennent brillants. Ses mains se mettent à trembler.

Reto fait un pas vers Emil. « Tu es devenu fou, ou quoi ?

— Qui sait ? En tout cas, j'en ai assez de tes mensonges et de ton hypocrisie. Je suis peut-être une charogne, mais tu ne vaux pas mieux, et... » L'expression d'Emil se fige. « Que diable fais-tu, gamin ? »

Reto se retourne. Son frère est à ses côtés, le faciès baigné de larmes. La fronde dans sa main droite.

Un caillou pointu coincé dans l'élastique tendu.

« Fais pas l'imbécile, dit Reto, baisse cette fronde. »

Emil avance d'un pas. « Écoute ton frère. Range ce jouet avant que je me fâche. »

Les doigts de Noah libèrent le projectile.

Emil détourne la tête, ne réussit pas à éviter l'impact. Le caillou lacère sa joue. Le sang s'écoule comme de la peinture d'un pinceau trop imbibé. Il touche sa blessure, fulmine et se jette sur Noah. Reto s'interpose. Emil le saisit par le col et le pousse, ses pieds patinent sur le bois jusqu'à ce que les jambes de Reto cèdent. Tous les trois rebondissent contre le manteau de la cheminée et s'écroulent à terre.

Emil serre le cou de Reto qui se démène en cherchant son oxygène.

« Lâche-moi, dit Reto dans un filet de voix. Je suis en train de l'écraser. »

Voyant les bras de Noah dépasser sous le corps de Reto, Emil se ressaisit et lâche prise.

Reto le pousse aussitôt de côté pour secourir son frère qui le fixe avec des yeux vitreux, la bouche ouverte. Une flaque rouge s'élargit sous sa tête. Les deux pointes du tisonnier ont pénétré la base du cou et s'enfoncent dans son crâne.

« Noah ! » crie Reto. Il le secoue par les épaules. « Mon Dieu, non ! »

Noah tressaille. Une coulée de sang sort de sa bouche.

« Comment... Que se passe-t-il ? » balbutie Emil en écarquillant des yeux.

Reto éclate en sanglots et serre Noah contre lui. Le corps de son petit frère devient mou dans ses bras.

« C'est un accident, fait Emil. Je ne voulais pas...
— Va-t'en.
— On est tombés, je... je ne pouvais pas savoir. »
Reto le regarde à travers un écran de larmes. « Dégage et ne reviens plus, ou je te tuerai avec mes propres mains.
— C'est un accident », répète Emil. Il touche son visage, montre ses doigts tachés de sang. « C'est de votre faute, aussi... Je cours chercher de l'aide au village.
— Regarde-le, espèce d'idiot. Il n'y a plus rien à faire.
— J'ai pas fait exprès, je...
— Peu importe, maintenant. Je veux plus te voir tant que je vivrai. Fous le camp ou seul un de nous deux sortira de ce cabanon.
— Tu diras que c'est moi et que j'ai fui, n'est-ce pas ? »
Reto retire le tisonnier de la blessure. Pose délicatement Noah sur le sol et se lève. « Je ne dirai rien à personne. Maintenant casse-toi, c'est ta dernière chance. » Il pointe le tisonnier vers Emil. Ses yeux sont froids, vides.
« D'accord, concède Emil en reculant. Je me tire. Et je prends ma part de responsabilité dans ce qui vient d'arriver, je t'ai poussé, mais le vrai coupable, c'est toi. J'espère que ta conscience va te tourmenter jusqu'à la tombe. » Emil sort du cabanon, trébuche, manque de perdre l'équilibre, jette un dernier regard à travers la porte ouverte. Puis disparaît dans la forêt.

Reto se penche sur le corps de son frère. Caresse ses cheveux blonds du bout des doigts et se laisse aller à son désespoir.

*

Arthur frappe avec son marteau, le clou s'enfonce mollement. Sa prise est faible, l'outil pèse aussi lourd qu'une hache. Une quinte de toux déchire sa gorge.

Le charpentier lève la tête depuis l'autre versant du toit. « Tu veux faire une pause ? Va boire une gorgée d'eau.

— Ça va aller.

— Fais une pause, j'ai dit. »

Ses jambes se dérobent, ses pieds cherchent l'échelle. Arthur regarde en bas, la sensation de vertige se transforme en nausée. La fontaine se trouve à quelques mètres, mais elle paraît inatteignable, la toux freine ses pas, la douleur brouille sa vue. Il a l'impression de cracher du fil barbelé.

Dans sa gorge, l'eau froide lui fait plus de mal que de bien. Il voit son reflet sur la surface sombre : son visage est toujours le même, son visage d'homme mûr auquel il s'est habitué depuis qu'il a perdu la moitié de ses cheveux. Depuis que sa barbe est mouchetée de gris.

C'est à l'intérieur de lui que quelque chose a changé. Certains jours, sa force est celle d'un enfant. Les jambes lourdes, les mains en pâte feuilletée. Heureusement, ça finit par passer. Il espère que ça passera rapidement aujourd'hui aussi, parce qu'il doit finir le toit, dormir quelques heures et se rendre dans un nouveau village pour recommencer le même travail.

« Tout va bien ? demande le charpentier.

— J'ai dû attraper froid.
— Quoi qu'il en soit, tu n'es pas en état de travailler.
— J'ai juste un peu de peine aujourd'hui.
— Tu l'as déjà dit la dernière fois. Je suis désolé, mais je vais appeler quelqu'un d'autre.»
Arthur garde les yeux sur son reflet. «Je comprends.
— Je te paie la journée d'aujourd'hui. Demain matin, tu pourras retourner chez toi.
— Ne me paie pas si tu n'es pas content de mon travail.
— Je n'ai pas dit ça.»
La toux revient à la charge, il serre les dents et la camoufle, se couvrant la bouche avec l'intérieur de son coude. Il se redresse et se dirige vers l'échelle.
«Qu'est-ce que tu fais? demande le charpentier.
— Je veux pas de ta charité. J'ai un toit à finir.»

*

Bastian éteint sa pipe et la range dans la poche de sa chemise. Il frappe à la porte.
«Je suis dans le jardin», dit Anne.
Il la trouve agenouillée, les mains enfoncées dans la terre de son potager, un sac de semences près d'elle.
«Je passe juste pour te dire que j'ai suivi ton conseil et que j'ai parlé à Théodore.
— Tu as levé tes doutes?
— On peut dire comme ça, oui.
— Qu'est-ce que je t'avais dit?

— Tu n'as jamais eu envie d'aller le trouver durant toutes ces années ?

— Quelle question, bien sûr que si.

— Et pourquoi tu ne l'as pas fait ?

— Tu serais allé rendre visite à quelqu'un qui te dit que pour lui, c'est comme si tu étais mort ?

— Ça dépend à quel moment il l'a dit. Dans la vie, on parle beaucoup. Avec le temps, les perspectives changent.

— Il y a aussi que je ne veux plus m'approcher de cette maison. Tu n'imagines pas les tourments que j'ai subis là-bas. Entendre ma mère, la personne qui m'a mise au monde, me répéter que je portais le fils du diable dans mon ventre. Dans cette clairière, je suis encore la fille du miracle. Mais les miracles n'existent pas. Je suis ce que je suis. Une femme. Et ma fille est une magnifique créature. Si le diable fait ce genre d'enfants, qu'ils soient les bienvenus. Il en faudrait davantage.

— Et si Théodore venait te voir ? Tu serais d'accord ?

— Il n'est pas venu jusqu'à présent, qu'est-ce qui te fait penser... » Anne porte ses mains à sa poitrine. « Pourquoi, il t'a dit quelque chose ? »

Bastian acquiesce. « Ton père ne vivra pas éternellement. Et vous avez bien assez perdu de temps comme ça. »

Anne prend sa main. « Je sais, je le sais bien. S'il veut connaître sa petite-fille, il est le bienvenu.

— Il y a autre chose. Une faveur personnelle que je voudrais te demander.

— Bien sûr.

— À l'école, nous avons besoin d'une nouvelle maîtresse. Et vu que Nadia grandit et que tu auras plus de temps... Tu ne pourrais pas nous donner un coup de main ? Je t'en serais reconnaissant. »

*

Reto jette la pelle dans la crevasse, la regarde atterrir dans un bruit sourd près de la bâche en plastique. Il essuie la sueur sur son front, vérifie que la corde est bien fixée au tronc. Il descend jusqu'au fond de la crevasse. Du bout de la pelle, il tâte le terrain recouvert de mousse, cherche une zone tendre où creuser. Il contemple le ciel et voudrait que cette fissure dans la terre se referme sur lui, l'éloigne à jamais de l'air et de la lumière, l'enterre ici avec son frère.

Il fait le vide dans sa tête, laissant son corps travailler. Ce n'est pas Reto qui creuse, Reto est ailleurs. À l'intérieur de lui-même, il récite une prière, la vue brouillée par les larmes. Le bruit de la pelle rencontrant la terre devient toujours plus lointain ; c'est comme s'il s'était endormi, jusqu'à ce qu'il se rende compte qu'il est en train de marcher le long d'un sentier dans la forêt : le chemin menant à la maison.

Il règne un ordre parfait dans la chambre de Noah. Le lit est fait, les habits sont pliés sur les étagères. Reto froisse les draps et les couvertures, déplace l'oreiller. Il cherche avec son bras sous le lit et en retire le sac à dos de l'armée que son père a donné à Noah pour ses dix ans. Il prend des vêtements au hasard, les fourre dans le sac. Il trouve les chaussures de montagne derrière la porte.

Ses mains recommencent à trembler. Il se gifle le visage, s'appuie contre le mur, y donnant des coups avec l'arrière de la tête.

« Noah ? » fait la voix de Bastian.

Par la fenêtre, Reto voit son père approcher de la ferme.

« Noah, nom d'un chien, où es-tu ? »

Les pas résonnent en bas, font grincer les marches des escaliers.

Reto panique, ses yeux fouillent de gauche à droite. Il s'accroupit pour cacher sac à dos et chaussures sous le lit, change d'idée et les jette par la fenêtre, visant les buissons sur la gauche de la maison.

« Noah ? »

Il se retourne d'un bloc, son cœur bat à tout rompre.

« Ah, c'est toi, dit le père en enlevant ses gants de travail. Tu as vu ton fainéant de frère ?

— Je... le cherchais moi aussi. »

Bastian observe la chambre en désordre, le lit défait. La fenêtre est ouverte, les rideaux sont agités par la brise. « Il est arrivé quelque chose ? Tu en fais une tête...

— Papa, je ne sais pas comment te le dire. Tu te souviens des lubies de Noah ? Sur le fait qu'il voulait quitter le village, faire sa vie loin d'ici ? »

Le regard du père parcourt à nouveau la chambre. Les gants glissent entre ses doigts et tombent par terre.

« Je crois..., dit Reto, je crois qu'il a fini par le faire. »

21

Le ciel au-dessus des montagnes s'ouvre sur un azur limpide. Avec la levée du jour, le sentier prend la couleur des lieux familiers : l'arbre tombé, le terrain humide traversé par un ruisseau, la pierre marquée de jaune destinée aux randonneurs.

Durant le trajet, Arthur s'est déjà arrêté trois fois. Cette maudite toux le pique dans la poitrine comme mille aiguilles, et son énergie semble diminuer avec les gouttes de sang s'échappant de sa bouche.

À son arrivée, il trouve la ferme encore inanimée comme de bon matin. Il y règne un silence inhabituel. La cour est vide, la porte de l'étable fermée. À l'intérieur, les vaches aux mamelles gonflées s'agitent dans leurs excréments.

Il appelle : « Greta ? », mais seule sa voix lui revient en écho. « Ida ? »

Il pénètre dans la maison. Les semelles de ses godillots écrasent un fragment de terre cuite. Assiettes en morceaux et verres brisés jonchent le sol de la cuisine ; restes de nourriture et pommes de terre écrabouillées. Les chaises sont renversées, un carreau de la fenêtre est cassé.

« Greta ! » hurle-t-il tandis qu'il monte à l'étage.

Il trouve sa femme dans la chambre, vautrée par terre, dos appuyé contre le bord du lit et emmitouflée dans une couverture. Jambes écartées, les pieds nus. Les paupières closes. Des traces de sang séché parsèment son front, des touffes de cheveux dépassent de ses poings fermés.

« Greta », murmure-t-il. Il tend une main hésitante vers son visage. « Que diable... »

Elle ouvre les yeux, saisit sa main. La presse contre sa joue et sourit. « Bonjour Arthur, bienvenue.

— Que s'est-il passé ?

— Je me suis endormie. La maison est un peu en désordre. Ne m'en veux pas, je vais nettoyer tout de suite.

— Où est Ida ? »

Le sourire de Greta s'efface aussitôt. « Je ne connais aucune Ida.

— Où est-elle ?

— Tu parles de la fille ? On s'en fiche, on n'a plus besoin d'elle. On se suffit tous les deux. » Elle pousse sur ses bras pour se relever. La couverture glisse de côté et révèle son corps nu.

Arthur tressaille. Par terre, là où elle était assise, s'étale une tache d'un rouge sombre. La lame d'un couteau brille au pied du lit. « Qu'est-ce que tu t'es fait ? » Il ramasse la couverture, enveloppe les épaules de sa femme et la prend dans ses bras. La sensation d'un corps gracile, plus maigre encore que dans ses souvenirs. Arthur sent tous les os trembler sous ses mains. « Qu'est-ce que tu t'es fait ? répète-t-il.

— La fille, dit Greta. Elle est dans la cave. Tu devrais aller voir comment elle va. »

*

Arthur est assis au milieu d'un corridor long et froid éclairé par de grandes fenêtres filtrant la lumière du jour. La fatigue alourdit ses paupières. Il s'endort par à-coups, réveillé par le poids de sa tête qui tombe sur le côté et le fait sursauter.

« Je peux ? » fait une voix.

Le docteur Lang s'assied sur la chaise voisine. C'est un homme jeune, mais sa moustache est déjà grise comme les cheveux sur ses tempes. « La situation est la suivante, dit-il d'une voix calme et rassurante. Votre femme présente une anomalie des organes génitaux externes. Elle a essayé de la corriger et, par chance, cela n'a pas causé de blessures graves. L'anomalie, par contre, concerne également la partie interne. Parfois, les deux phénomènes vont de pair, même si ce n'est pas nécessairement le cas. »

Arthur fixe le corridor. Son genou droit s'agite nerveusement.

« Ceci peut expliquer l'impossibilité d'une grossesse ainsi que les difficultés des rapports, vu que le tractus vaginal...

— Quand est-ce qu'elle peut rentrer à la maison ?

— Monsieur Hauser, la situation...

— Vous avez dit que les blessures ne sont pas graves.

— Ce qui me préoccupe pour l'instant, ce ne sont pas les lésions physiques, mais sa santé mentale.

— Elle va se reprendre, je m'occuperai d'elle.

— J'ai demandé à un collègue de l'examiner. Pour ces choses-là, il est préférable qu'elle soit prise en charge par des spécialistes. Entre-temps, je souhaiterais vous poser quelques questions. J'ai besoin d'un tableau plus complet de la situation. »

Arthur répond du mieux qu'il peut. Il explique que la cause de tout était cette maudite malchance, que Greta ne réussissait pas à tomber enceinte. Il raconte l'amitié liant sa femme à Catherine. Elle aussi était passée par-là, elle paraissait destinée à ne jamais devenir mère jusqu'à ce que l'inespéré advienne et qu'elle donne naissance à une fille : Anne, l'enfant du miracle. Au fond d'elle-même, Greta savait qu'elle n'aurait jamais cette chance, aucune possibilité de miracle pour elle. Mais en parler avec Catherine la réconfortait.

Il explique que sa femme a beaucoup souffert après la mort de son amie, davantage même qu'après celle de sa propre mère : déjà instable, cela l'avait d'autant plus fragilisée. Avec le temps, elle semblait avoir retrouvé son équilibre. Ils avaient entendu parler de ces enfants placés. Dans le village, certaines familles en accueillaient depuis longtemps et l'avantage était double : une force de travail supplémentaire couplée à une compensation financière de l'État. Arthur avait alors proposé : « Pourquoi pas nous ? »

Il explique encore que Greta s'y était opposée. Il avait insisté, convaincu que ce serait bon pour eux. À la fin, il avait gagné et Ida Bühler était arrivée. Mais elle ne correspondait pas à ce qu'ils avaient imaginé. À 13 ans, elle faisait bien plus grande que son âge, une petite femme, déjà.

Le docteur Lang prend des notes sur son calepin.

« Tout est de ma faute », dit Arthur. Un accès de toux lui échappe. Désormais, il n'y fait même plus attention. Il n'a pas le temps de mettre sa main devant la bouche. Une constellation de points rouges souille la manche du docteur. « Oh, mince, excusez-moi, Docteur. Je suis désolé. » Il fouille dans ses poches à la recherche d'un mouchoir.

Lang observe les taches et son regard se fait grave. « Monsieur Hauser, depuis quand toussez-vous ainsi ?

— J'en sais rien. Depuis cet hiver. Peut-être avant. »

Lang se lève. « Vous voulez bien m'accompagner un instant, s'il vous plaît ? »

*

Assis sur le banc de la première rangée de l'église, à la place qu'il occupe chaque dimanche à l'office, Bastian prie. Il prie Dieu de protéger Noah, que sa fugue ne porte pas à conséquence. Il a dit la même chose à Erika peu avant au cimetière, lui assurant que tout irait bien. Il lui a fait une promesse : quand Noah reviendra, il obligera ses deux fils à se réconcilier, à construire un vrai rapport fraternel, à s'aider et se soutenir. N'était-ce pas ce que se disaient Bastian et Erika lorsqu'elle était tombée enceinte du deuxième ?

Comme ça, ils ne seront jamais seuls...

Et quand ils seront grands...

Quand nous ne serons plus là...

Il entend un bruit et se retourne. Assise quelques rangées derrière lui, madame Orwhal cherche à retenir ses sanglots. « Excusez-moi, Monsieur le Maire. » Elle nettoie la morve de son nez avec le dos de la main. « Je ne voulais pas vous déranger. Je sais que c'est un lieu de recueillement. »

Bastian s'approche d'elle et remarque l'auréole violacée autour de son œil, les marques sur le poignet laissées par des doigts qui ont serré trop fort. « Que vous est-il arrivé ?

— Rien, il n'y a rien. »

Bastian se fait sa propre idée. « Madame Orwhal, je comprends votre réticence, mais... »

Brigitta tire la manche de sa robe, recouvrant ses marques. Elle regarde autour d'elle : l'église est vide, ils ne sont que tous les deux. « J'ai suivi votre conseil, Monsieur le Maire. J'ai eu une discussion avec mon mari pour ce qui est du travail à la ferme. C'est de ma faute. J'ai été la première à hausser le ton.

— Hausser le ton est une chose. Frapper en est une autre. »

Elle saisit son bras. « Promettez-moi de ne rien dire. Ne dites à personne que vous m'avez vue pleurer. » Elle baisse le regard. « La vie est déjà assez difficile comme ça. Épargnez-moi au moins la honte, s'il vous plaît. »

*

Wolfgang Reus entre chez Aeberhard et demande un verre de jus de pomme. Édith manque de lâcher le bock qu'elle essuie.

« Un jus de pomme ?

— Demain, un nouveau menuisier arrive à l'essai. En réalité, c'est plutôt le contraire. C'est moi qui ai intérêt à être présentable.

— En voilà une excellente idée.

— Je veux me moquer de personne. Je sais bien que c'est pas un verre de jus de pomme qui changera tout. Certains soirs, je viendrai ici avec d'autres intentions. Alors, je te le demande maintenant que je suis sobre : ne me sers pas à boire, d'accord ? Je veux me remettre sur pied et j'ai besoin de tout le soutien possible.

— Je perds un bon client. Mais si c'est pour la bonne cause...

— J'aurais dû te le demander depuis longtemps.

— J'ai essayé plus d'une fois de ralentir ton débit. Tu ne l'as pas bien pris.

— C'est plus pareil.

— Voilà ton jus. » Édith sourit : « Vas-y doucement. »

Wolfgang jette un œil dans la salle et aperçoit Arthur Hauser assis à la table d'angle, celle où il s'installe d'habitude pour boire seul. Celui-ci observe son verre de grappa comme s'il pesait le pour et le contre avant d'y tremper les lèvres.

« Je peux m'asseoir ? demande-t-il.

— Te gêne pas.

— J'ai su que Greta n'allait pas bien. Navré. J'espère que c'est pas grave.

— Ma pauvre femme. »

Wolfgang sirote son jus de pomme. « Si je peux faire quelque chose...

— On s'est mariés un matin d'hiver, tu sais ? Et l'après-midi, on était déjà à la ferme à pelleter du fumier. Au moment où le prêtre nous a déclarés mari et femme, on pensait déjà au fumier qu'il fallait ramasser. Je me casse les reins depuis que je suis gosse et ma Greta aussi. Ce matin d'hiver est le seul moment où j'ai eu l'impression de m'être arrêté. Jusqu'à maintenant. » Il lève son verre et observe le liquide transparent. « Maintenant, tout s'est arrêté.

— Dis-moi si je peux faire quelque chose », répète Wolfgang. Il a beau chercher, c'est tout ce qu'il trouve à lui dire.

« Tu peux me fabriquer un cercueil. Et dire deux bonnes paroles à mon sujet le jour de mon enterrement.

— Ne sois pas idiot. On ne parle pas comme ça, même pour plaisanter. »

Arthur se lève. « Ci-gît Arthur Hauser, né dans une étable, fils d'une dévergondée. » Il vide son verre d'un trait, emporte la bouteille et se dirige vers la sortie.

*

Bastian se lève après avoir passé une nuit à se retourner dans son lit sans trouver le sommeil. Il entend Reto sortir de sa chambre et descendre les escaliers. Il se dépêche de le rejoindre pour le petit-déjeuner, mais ne trouve personne en bas : la table est vide, pas une assiette ni la moindre miette. Il prend la poêle pour cuire un œuf, réalise qu'il n'a pas faim.

Il s'achemine en direction du cimetière, laissant libre cours aux pensées qui l'ont tourmenté durant la nuit : madame Orwhal, le charbonnier, la fille des Hauser, le pasteur Ueli qui aurait été vu célébrant la messe à des vaches. Et puis Noah. Quand l'envie de partir s'empare de garçons aussi jeunes, c'est qu'il existe un problème profond.

Bastian le sait bien. Certains soirs, quand il revient à la maison la tête lourde des complaintes et des problèmes de ses congénères, il lui arrive aussi de rêver d'une vie loin du village.

La matinée est étouffante, les fleurs laissées la veille sur la tombe d'Erika sont déjà fanées. Sous ses doigts, la stèle est réchauffée par le soleil.

« Durant toutes ces années au village, j'ai vu tant de situations délicates, dit Bastian. Souvent, j'ai rejeté la faute sur la stupidité et l'ignorance des gens. En réalité, nous sommes tous responsables, du premier au dernier. Moi y compris. Tout le monde ferme les yeux sur tout, au point que c'est devenu la règle. Voilà ce que font les gens « bien » : ils s'occupent de leurs affaires. Et maintenant, nous sommes arrivés au point de rupture. Le moment est venu d'en prendre conscience, sinon... »

Il se retourne vers le village. Le soleil illumine les maisons, les géraniums aux fenêtres, les villageois vaquant à leurs occupations. Le parfum des champs, les cloches tintant au cou des vaches, les pics des montagnes, ce panorama accueillant chacun de ses réveils depuis que Bastian est né.

« Sinon, murmure-t-il, que Dieu nous vienne en aide. »

*

« Je suis désolé pour l'autre jour, dit Reto à peine la porte ouverte. J'ai été idiot. »

Anne soupire. « Au moins, tu t'en rends compte. Mais tu dois comprendre que...

— Je ne suis pas venu pour continuer la discussion. J'ai très bien compris. Ne dis plus rien. »

Elle semble rassurée. « J'ai su pour Noah. Que s'est-il passé exactement ?

— Il répétait depuis longtemps qu'il voulait partir. Mais je ne sais rien de plus.

— Ton père va bien ?

— Tu le connais, c'est un roc. Il est convaincu qu'il reviendra dans quelques jours.

— À 14 ans, où veux-tu qu'il aille ? »

Reto regarde ailleurs. « Je dois te laisser. Je retourne à la ferme.

— Tu veux manger un morceau ?

— C'est gentil. Mais je ne veux pas déranger.

— J'ai préparé une soupe, il y en a assez pour trois. »

Il refuse à nouveau, Anne insiste et Reto finit par s'asseoir à table. Après quelques cuillerées hésitantes, c'est tout juste s'il ne lape pas son assiette.

« Depuis quand tu n'as pas mangé ? »

Le visage de Reto reprend des couleurs, même si la tristesse ne déserte pas ses yeux. « J'avoue que j'étais affamé. »

Nadia retourne jouer avec sa poupée. Anne débarrasse et pose les assiettes dans l'évier.

« Attends, dit Reto, je m'en occupe. »

Elle ignore sa remarque, ouvre le robinet. « C'est rien que trois assiettes. »

Ils restent silencieux quelques instants.

« Même si tout est allé de travers, dit Anne, je le referais. Tu peux croire ça ?

— Tu referais quoi ?

— Emil. Personne n'a voulu me croire à l'époque, quand je disais que j'avais une grande part de responsabilité : c'était moi qui lui avais tourné autour. Et ce qui est arrivé après, la grossesse, ça aussi était ma faute. D'une certaine façon, c'est moi qui l'ai mis dans cette situation. C'est pour cela que je ne lui en veux pas trop d'être parti. J'espère que maintenant, où qu'il soit, il a trouvé ce qu'il cherchait. »

Sous la table, Reto enfonce ses ongles dans la chair de son poignet.

Anne revient s'asseoir face à lui. « Dans un certain sens, tout était mal engagé dès le départ. Un mariage creux et deux personnes malheureuses. Mes parents me répudient, ma mère perd la tête, le lac, les funérailles, la solitude de mon père. Et malgré tout ça, si je devais le refaire, je recommencerais. »

Reto tourne la tête vers la chambre de Nadia. À travers la

porte ouverte, il aperçoit la fillette coiffant sa poupée, le visage radieux, un sourire serein sur les lèvres.

« Mais peut-être, dit Anne, que je pense ainsi parce qu'on ne peut pas revenir en arrière. Donc je m'accroche aux bons côtés. »

Les ongles de Reto s'enfoncent dans ses poings serrés. Il ferme les yeux. Quand il les rouvre, une larme s'échappe d'entre ses cils.

Anne tend son bras et l'essuie avec la manche de sa chemisette. « Qu'est-ce qu'il y a ? »

Il secoue la tête.

« Tu veux me dire autre chose, n'est-ce pas ? »

Le visage de Reto se crispe. Il acquiesce doucement.

« Dis-le-moi, alors. Courage.

— Je... je n'ai jamais demandé beaucoup à la vie. Depuis que j'ai cessé d'être un enfant, je n'ai désiré qu'une seule chose : travailler à la ferme et, une fois les tâches quotidiennes terminées, partager mon repas avec une femme qui m'aime. Fonder une famille. Faire partie d'une communauté, aider les gens comme le fait mon père. Et lorsque arrivera la fin de tout, m'en aller dans mon sommeil. M'en aller juste avant ou après ma femme, et ainsi aucun de nous ne souffrira trop longtemps.

— Mais tout ça est encore possible, Reto. Et si moi, je ne peux rien te promettre, ce sera une autre. Tes désirs peuvent encore se réaliser.

— Peut-être, dit Reto, le regard perdu dans le vide. Mais désormais, cela n'a plus autant d'importance.

— Pourquoi tu dis ça ?
— Pour rien. Merci pour le repas, j'en avais besoin.
— Je ne comprends pas.
— Ça aurait dû être moi.
— De quoi faire ? »

Sur le point de répondre, Reto secoue la tête. Il indique l'évier. « De laver la vaisselle. Je ne suis pas du genre à me laisser servir. »

Anne sourit. « Tu la feras la prochaine fois, alors. »

Il se dirige vers la sortie. Il jette un dernier regard à la maison, à la petite qui joue avec sa poupée. La porte de la chambre à coucher, la cuisine rangée, la table où ils viennent de manger. Et enfin Anne qui, chaque année, devient toujours plus belle.

« Oui, dit-il, la prochaine fois. »

Épilogue

Tiré d'une note de M. Gottfried Glauser, tuteur :

Berne, le 20 mai 1953.

Monsieur Arthur Hauser m'a téléphoné en date du 12 mai, vers 15 heures. Il m'a informé que sa femme, madame Greta Hauser, a eu un problème de santé et qu'ils ne seraient plus en mesure de s'occuper de la jeune fille. Il m'a prié de venir la chercher le plus vite possible.

Je lui ai demandé s'il avait rencontré des problèmes avec elle. Parfois, les familles d'accueil ne sont pas claires sur les raisons qui les incitent à renoncer à cette charge. Je cherche à m'informer, et si le mineur est un sujet problématique, il vaut mieux ne pas le confier à une nouvelle famille, car il y a de fortes chances que le problème se reproduise. Dans ce cas, l'option du placement en institut est préférable.

Monsieur Hauser m'a dit que la fille s'est toujours comportée de façon irréprochable. Qu'elle n'a jamais désobéi et qu'elle travaille dur. Il a dit qu'il renonçait malgré lui à la charge, les circonstances ne lui laissaient pas d'autre choix.

Puisqu'il s'agissait d'une urgence, je me suis rendu à la ferme le lendemain. Monsieur Hauser n'a rien voulu ajouter à ce qu'il m'avait communiqué par téléphone.

La fille s'est présentée la tête baissée avec des habits de rechange sous le bras. Je l'ai prise à part et je lui ai demandé si elle avait eu des soucis particuliers. Il est toujours mieux d'avoir les deux versions.

Elle a simplement fait non de la tête. Je me suis souvenu d'une fille taciturne et sa réaction ne m'a pas surpris outre mesure. J'ai constaté qu'elle avait une bosse sur le front et je lui ai demandé comment elle s'était fait ça. Elle a touché sa bosse comme si elle était surprise de la trouver là. Elle a dit qu'elle n'en était pas sûre, mais qu'elle avait dû se cogner durant son travail. J'ai voulu en savoir plus et je lui ai posé d'autres questions. Mais la fille est retombée dans son mutisme.

Alors j'en ai encore parlé avec monsieur Hauser. Il m'a répondu que ces derniers jours, il avait eu bien d'autres choses auxquelles penser et que si la fille s'était fait mal en travaillant, il en était désolé.

Pour ma part, j'avais toujours un doute, mais je n'ai pas insisté. Dans tous les cas, la fille ne resterait pas un jour de plus dans cette ferme.

J'ai fait signer les documents à monsieur Hauser, puis la fille et moi nous avons rejoint la voiture. Je l'ai laissée s'asseoir à l'avant. Durant le voyage, je lui ai expliqué que la raison pour laquelle je l'emmenais n'avait rien à voir avec elle, qu'au contraire, j'étais très satisfait de la façon dont elle s'était comportée. Je lui ai dit que monsieur Hauser lui avait fait des compliments, qu'il l'avait décrite comme une fille bien élevée et une excellente travailleuse. Je lui ai expliqué que, par conséquent, je m'étais activé pour lui trouver une autre famille. Je lui ai demandé si elle était contente.

Elle n'a pas répondu. Elle tenait sa tête enfoncée dans les épaules et caressait avec son index une petite cicatrice en forme de demi-lune dans la paume de son autre main. Elle n'a cessé de le faire pendant tout le voyage.

La nouvelle famille l'a accueillie avec enthousiasme. Je suis convaincu qu'elle s'y trouvera bien, même mieux que chez les Hauser, car désormais elle a appris le travail à la ferme. Elle se sentira tout de suite chez elle. En 20 ans d'expérience, j'en ai vu beaucoup, et je peux l'affirmer sans le moindre doute : ces villages de montagne se ressemblent tous.

ACHEVÉ D'IMPRIMER
EN NOVEMBRE DEUX MILLE VINGT-DEUX
PAR L'IMPRIMERIE FLOCH À MAYENNE.